KB075012

백석과 모네

백석과 모네

열두 개의 달 시화집 스페셜

글 백석
그림 클로드 모네

저녁달

차
례

Impression, sunrise
1872

Water Lilies
1906

내가 생각하는 것은

밖은 봄철날 따디기의 누굿하니 푹석한 밤이다
거리에는 사람두 많이 나서 흥성흥성할 것이다
어쩐지 이 사람들과 친하니 싸단니고 싶은 밤이다

그렇것만 나는 하이얀 자리 우에서 마른 팔뚝의
새파란 핏대를 바라보며 나는 가난한 아버지를
가진 것과 내가 오래 그려오든 처녀가 시집을 간 것과
그렇게도 살틀하든 동무가 나를 버린 일을 생각한다

또 내가 아는 그 몸이 성하고 돈도 있는 사람들이
즐거이 술을 먹으려 단닐 것과
내 손에는 신간서(新刊書) 하나도 없는 것과
그리고 그 〈아서라 세상사(世上事)〉라도 들을
류성기도 없는 것을 생각한다

그리고 이러한 생각이 내 눈가를 내 가슴가를
뜨겁게 하는 것도 생각한다

Peony Garden
1887

내가 이렇게 외면하고

내가 이렇게 외면하고 거리를 걸어가는 것은 잠풍 날씨가
너무 좋은 탓이고
가난한 동무가 새 구두를 신고 지나간 탓이고 언제나 꼭같
은 넥타이를 매고 고운 사람을 사랑하는 탓이다

내가 이렇게 외면하고 거리를 걸어가는 것은 또 내 많지 못
한 월급이 얼마나 고마운 탓이고
이렇게 젊은 나이로 코밑수염도 길러보는 탓이고 그리고 어
늬 가난한 집 부엌으로 달재 생선을 진장에 꼿꼿이 지진 것
은 맛도 있다는 말이 자꾸 들려오는 탓이다

The La Rue Bavolle at Honfleur
1864

'호박꽃 초롱' 서시

한울은
울파주가에 우는 병아리를 사랑한다
우물돌 아래 우는 돌우래를 사랑한다
그리고 또
버드나무 밑 당나귀 소리를 임내내는 시인(詩人)을 사랑한다

한울은
풀 그늘 밑에 삿갓 쓰고 사는 버슷을 사랑한다
모래 속에 문 잠그고 사는 조개를 사랑한다
그리고 또
두툼한 초가지붕 밑에 호박꽃 초롱 혀고 사는 시인(詩人)을
사랑한다

한울은
공중에 떠도는 흰구름을 사랑한다
골짜구니로 숨어 흐르는 개울물을 사랑한다
그리고 또
아늑하고 고요한 시골 거리에서 쟁글쟁글 햇볕만 바래는 시
인(詩人)을 사랑한다

한울은
이러한 시인(詩人)이 우리들 속에 있는 것을 더욱 사랑하는데
이러한 시인(詩人)이 누구인 것을 세상은 몰라도 좋으나
그러나
그 이름이 강소천(姜小泉)인 것을 송아지와 꿀벌은 알을 것이다

Vetheuil, Paysage
1879

Wheatfield
1881

광원(曠原)

흙꽃 니는 이른 봄의 무연한 벌을
경편철도(輕便鐵道)가 노새의 맘을 먹고 지나간다

멀리 바다가 뵈이는
가정차장(假停車場)도 없는 벌판에서
차(車)는 머물고
젊은 새악시 둘이 나린다

The Train
1872

귀농(歸農)

백구둔(白拘屯)의 눈 녹이는 밭 가운데 땅 풀리는 밭 가운데
촌부자 노왕(老王)하고 같이 서서
밭최뚝에 즘부러진 땅버들의 버들개지 피여나는 데서
볕은 장글장글 따사롭고 바람은 솔솔 보드라운데
나는 땅님자 노왕(老王)한테 석상디기 밭을 얻는다

노왕(老王)은 집에 말과 나귀며 오리에 닭도 우울거리고
고방엔 그득히 감자에 콩곡석도 들여 쌓이고
노왕(老王)은 채매도 힘이 들고 하루종일 백령조(百鈴鳥) 소리
나 들으려고
밭을 오늘 나한테 주는 것이고
나는 이젠 귀치않은 측량(測量)도 문서(文書)도 싫증이 나고
낮에는 마음 놓고 낮잠도 한잠 자고 싶어서
아전 노릇을 그만두고 밭을 노왕(老王)한테 얻는 것이다

날은 챙챙 좋기도 좋은데
눈도 녹으며 술렁거리고 버들도 잎 트며 수선거리고
저 한쪽 마을에는 마돝에 닭 개 즘생도 들떠들고
또 아이 어른 행길에 뜨락에 사람도 웅성웅성 흥성거려
나는 가슴이 이 무슨 흥에 벅차오며

이 봄에는 이 밭에 감자 강냉이 수박에 오이며 당콩에 마눌과
파도 심그리라 생각한다

수박이 열면 수박을 먹으며 팔며
감자가 앉으면 감자를 먹으며 팔며
까막까치나 두더쥐 돝벌기가 와서 먹으면 먹는 대로 두어두고
도적이 조금 걷어가도 걷어가는 대로 두어두고
아, 노왕(老王), 나는 이렇게 생각하노라
나는 노왕(老王)을 보고 웃어 말한다

이리하여 노왕(老王)은 밭을 주어 마음이 한가하고
나는 밭을 얻어 마음이 편안하고
디퍽디퍽 눈을 밟으며 터벅터벅 흙도 덮으며
사물사물 햇볕은 목덜미에 간지로워서
노왕(老王)은 팔짱을 끼고 이랑을 걸어
나는 뒤짐을 지고 고랑을 걸어
밭을 나와 밭뚝을 돌아 도랑을 건너 행길을 돌아
지붕에 바람벽에 울바주에 볕살 쇠리쇠리한 마을을 가르치며
노왕(老王)은 나귀를 타고 앞에 가고
나는 노새를 타고 뒤에 따르고
마을 끝 충왕묘(蟲王廟)에 충왕(蟲王)을 찾어뵈려 가는 길이다
토신묘(土神廟)에 토신(土神)도 찾어뵈려 가는 길이다

Haystacks at Giverny
1884

Autumn on the Seine at Argenteuil
1873

칠월(七月) 백중

마을에서는 세불 김을 다 매고 들에서
개장취념을 서너 번 하고 나면
백중 좋은 날이 슬그머니 오는데
백중날에는 새악시들이
생모시치마 천진퇴치마의 물팩치기 껑추렁한 치마에
쇠주퇴적삼 항라적삼의 자지고름이 기드렁한 적삼에
한끝나게 상나들이옷을 있는 대로 다 내 입고
머리는 다리를 서너 커레씩 드려서
시뻘건 꼬둘채댕기를 삐뚜룩하니 해 꽂고
네날백이 따배기신을 맨발에 바꿔 신고
고개를 몇이라도 넘어서 약물터로 가는데
무썩무썩 더운 날에도 벌길에는
건들건들 씨연한 바람이 불어오고
허리에 찬 남갑사 주머니에는 오랜만에 돈푼이 들어 즈벅이고
광지보에서 나온 은장두에 바눌집에 원앙에 바둑에
번들번들하는 노리개는 스르럭스르럭 소리가 나고
고개를 몇이라도 넘어서 약물터로 오면
약물터엔 사람들이 백재일 치듯 하였는데
봉가집에서 온 사람들도 만나 반가워하고

깨죽이며 문주며 섭가락 앞에 송구떡을 사서 권하거니 먹
거니 하고
그러다는 백중물을 내는 소내기를 함뿍 맞고
호주를하니 젖어서 달아나는데
이번에는 꿈에도 못 잊는 봉가집에 가는 것이다
봉가집을 가면서도 칠월(七月) 그믐 초가을을 할 때까지
평안하니 집살이를 할 것을 생각하고
애끼는 옷을 다 적시어도 비는 씨원만 하다고 생각한다

Luncheon on the Grass
1865

Women in the Garden
1866

통영(統營)

넷날엔 통제사(統制使)가 있었다는 낡은 항구(港口)의 처녀들
에겐 넷날이 가지 않은 천희(千姬)라는 이름이 많다
미역오리같이 말라서 굴껍지처럼 말없이 사랑하다 죽는다는
이 천희(千姬)의 하나를 나는 어늬 오랜 객주(客主)집의 생선
가시가 있는 마루방에서 만났다.
저문 유월(六月)의 바닷가에선 조개도 울을 저녁 소라방등이
불그레한 마당에 김냄새 나는 비가 나렸다

Cliffs at Pourville
1882

삼호(三湖) ― 물닭의 소리 1

문기슭에 바다 해자를 까꾸로 붙인 집
산듯한 청삿자리 우에서 찌륵찌륵
우는 전북회를 먹어 한녀름을 보낸다

이렇게 한녀름을 보내면서 나는 하늑이는
물살에 나이금이 느는 꽃조개와 함께
허리도리가 굵어가는 한 사람을 연연해한다

Boaters at Argenteuil
1874

물계리(物界里) ─ 물닭의 소리 2

물밑 ─ 이 세모래 닌함박은 콩조개만 일다
모래장변 ─ 바다가 널어놓고 못 미더워 드나드는 명주필을
짓궂이 발뒤축으로 찢으면
날과 씨는 모두 양금줄이 되어 짜랑짜랑 울었다

The Beach at Pourville
1882

대산동(大山洞) — 물닭의 소리 3

비애고지 비애고지는
제비야 네 말이다
저 건너 노루섬에 노루 없드란 말이지
신미두 삼각산엔 가무래기만 나드란 말이지

비애고지 비애고지는
제비야 네 말이다
푸른 바다 흰 한울이 좋기도 좋단 말이지
해밝은 모래장변에 돌비 하나 섰단 말이지

비애고지 비애고지는
제비야 네 말이다
눈빨갱이 갈매기 발빨갱이 갈매기 가란 말이지
승냥이처럼 우는 갈매기
무서워 가란 말이지

Cliff at Fecamp
1881

남향(南鄕) ─ 물닭의 소리 4

푸른 바닷가의 하이얀 하이얀 길이다

아이들은 늘늘히 청대나무말을 몰고
대모풍잠한 늙은이 또요 한 마리를 드리우고 갔다

이 길이다
얼마가서 감로(甘露) 같은 물이 솟는 마을 하이얀 회담벽에
옛적본의 장반시계를 걸어놓은 집 홀어미와 사는 물새 같
은 외딸의 혼삿말이 아즈랑이같이 낀 곳은

The Seine at Argenteuil
1875

야우소회(夜雨小懷) — 물닭의 소리 5

캄캄한 비 속에
새빨간 달이 뜨고
하이얀 꽃이 퓌고
먼바루 개가 짖는 밤은
어데서 물외 내음새 나는 밤이다

캄캄한 비 속에
새빨간 달이 뜨고
하이얀 꽃이 퓌고
먼바루 개가 짖고
어데서 물외 내음새 나는 밤은

나의 정다운 것들 가지 명태 노루 뫼추리 질동이 노랑나뷔
바구지꽃 모밀국수 남치마 자개짚세기 그리고 천희(千姬)라
는 이름이 한없이 그리워지는 밤이로구나

Valley of the Creuse, Sunset
1889

꼴두기 — 물닭의 소리 6

신새벽 들망에
내가 좋아하는 꼴두기가 들었다
갓 쓰고 사는 마음이 어진데
새끼 그믈에 걸리는 건 어인 일인가

갈매기 날어온다
입으로 먹을 뿜는 건
몇십 년 도를 닦어 퓌는 조환가
앞뒤로 가기를 마음대로 하는 건
손자(孫子)의 병서(兵書)도 읽은 것이다
갈매기 쭝얼댄다

그러나 시방 꼴두기는 배창에 너부러져 새새끼 같은
울음을 우는 곁에서
뱃사람들의 언젠가 아홉이서 회를 처먹고도 남어 한
깃씩 노나가지고 갔다는 크디큰 꼴두기의 이야기를 들
으며 나는 슬프다

갈매기 날어난다

Hauling a Boat Ashore, Honfleur
1864

촌에서 온 아이

촌에서 온 아이여
촌에서 어젯밤에 승합자동차(乘合自動車)를 타고 온 아이여
이렇게 추운데 웃동에 무슨 두룽이 같은 것을 하나 걸치고 아
랫두리는 쪽 발가벗은 아이여
뽈다구에는 징기징기 앙광이를 그리고 머리칼이 놀한 아이여
힘을 쓸랴고 벌써부터 두 다리가 푸둥푸둥하니 살이 찐 아이여
너는 오늘 아츰 무엇에 놀라서 우는구나
분명코 무슨 거줏되고 쓸데없는 것에 놀라서
그것이 네 맑고 참된 마음에 분해서 우는구나
이 집에 있는 다른 많은 아이들이
모도들 욕심 사납게 지게굳게 일부러 청을 돋혀서
어린아이들치고는 너무나 큰 소리로 너무나 뛰겁 많은 소리로
울어대는데
너만은 타고난 그 외마디소리로 스스로웁게 삼가면서 우는구나
네 소리는 조금 썩심하니 쉬인 듯도 하다
네 소리에 내 마음은 반끗히 밝어오고 또 호끈히 더워오고 그
리고 즐거워 온다
나는 너를 꺼안어 올려서 네 머리를 쓰다듬고 힘껏 네 적은 손
을 쥐고 흔들고 싶다
네 소리에 나는 촌 농삿집의 저녁을 짓는 때

42

나주볕이 가득 드리운 밝은 방안에 혼자 앉아서
실감기며 버선짝을 가지고 쓰렁쓰렁 노는 아이를 생각한다
또 녀름날 낮 기운 때 어른들이 모두 벌에 나가고 텅 뷔인
집 토방에서
햇강아지의 쌀랑대는 성화를 받어가며 닭의 똥을 주워먹는
아이를 생각한다
촌에서 와서 오늘 아츰 무엇이 분해서 우는 아이여
너는 분명히 하늘이 사랑하는 시인(詩人)이나 농사꾼이 될
것이로다

Irises in Monet's Garden
1900

Antibes in the Morning
1888

동뇨부(童尿賦)

봄철날 한종일내 노곤하니 벌불 장난을 한 날 밤이면 으례
히 싸개동당을 지나는데 잘망하니 누워 싸는 오줌이 넓적
다리를 흐르는 따근따근한 맛 자리에 평하니 괴이는 척척
한 맛

첫녀름 이른 저녁을 해치우고 인간들이 모두 터앞에 나와
서 물외포기에 당콩포기에 오줌을 주는 때 터앞에 밭마당
에 샛길에 떠도는 오줌의 매캐한 재릿한 내음새

긴긴 겨울밤 인간들이 모두 한잠이 들은 재밤중에 나 혼자
일어나서 머리맡 쥐발 같은 새끼오강에 한없이 누는 잘 매
럽던 오줌의 사르릉 쪼로록 하는 소리

그리고 또 엄매의 말엔 내가 아직 굳은 밥을 모르던 때 살갗
퍼런 막내고무가 잘도 받어 세수를 하였다는 내 오줌빛은
이슬같이 샛말갛기도 샛맑았다는 것이다

Pond with Water Lilies
1907

나 취했노라

나 취했노라
나 오래된 스코틀랜드 술에 취했노라
나 슬픔에 취했노라
나 행복해진다는 생각, 불행해진다는 생각에 취했노라
나 이 밤 공허하고 허무한 인생에 취했노라

Japan's (Camille Monet in Japanese Costume)
1876

통영(統營)

구마산(舊馬山)의 선창에선 좋아하는 사람이 울며 나리는 배에 올라
서 오는 물길이 반날
갓 나는 고당은 갓갓기도 하다

바람맛도 짭짤한 물맛도 짭짤한

전북에 해삼에 도미 가재미의 생선이 좋고
파래에 아개미에 호루기의 젓갈이 좋고

새벽녘의 거리엔 쾅쾅 북이 울고
밤새껏 바다에선 뿡뿡 배가 울고

자다가도 일어나 바다로 가고 싶은 곳이다

집집이 아이만한 피도 안 간 대구를 말리는 곳
황화장사 령감이 일본말을 잘도 하는 곳
처녀들은 모두 어장주(漁場主)한테 시집을 가고 싶어한다는 곳

산(山) 너머로 가는 길 돌각담에 갸웃하는 처녀는 금(錦)이라든 이 같고
내가 들은 마산(馬山) 객주(客主)집의 어린 딸은 난(蘭)이라는 이 같고

난(蘭)이라는 이는 명정(明井)골에 산다든데
명정(明井)골은 산(山)을 넘어 동백(冬栢)나무 푸르른 감로(甘露)같은 물
이 솟는 명정(明井)샘이 있는 마을인데
샘터엔 오구작작 물을 깃는 처녀며 새악시들 가운데 내가 좋아하는 그
이가 있을 것만 같고
내가 좋아하는 그이는 푸른 가지 붉게붉게 동백(冬栢)꽃 피는 철엔 타
관 시집을 갈 것만 같은데
긴 토시 끼고 큰머리 얹고 오불고불 넘엣거리로 가는 여인(女人)은 평
안도(平安道)서 오신 듯한데 동백(冬栢)꽃 피는 철이 그 언제요

장수 모신 낡은 사당의 돌층계에 주저앉어서 나는 이 저녁 울 듯 울 듯
한산도(閑山島) 바다에 뱃사공이 되여가며
녕 낮은 집 담 낮은 집 마당만 높은 집에서 열나흘 달을 업고 손방아만
찧는 내 사람을 생각한다

(南行詩抄)

Low Tide at Pourville 02
1882

Woman with a Parasol - Madame Monet and Her son
1875

흰 바람벽이 있어

오늘 저녁 이 좁다란 방의 흰 바람벽에
어쩐지 쓸쓸한 것만이 오고 간다
이 흰 바람벽에
희미한 십오촉(十五燭) 전등이 지치운 불빛을 내어던지고
때글은 다 낡은 무명샤쯔가 어두운 그림자를 쉬이고
그리고 또 달디단 따끈한 감주나 한잔 먹고 싶다고 생각하는
내 가지가지 외로운 생각이 헤매인다
그런데 이것은 또 어인 일인가
이 흰 바람벽에
내 가난한 늙은 어머니가 있다
내 가난한 늙은 어머니가
이렇게 시퍼러둥둥하니 추운 날인데 차디찬 물에 손은 담그
고 무이며 배추를 씻고 있다
또 내 사랑하는 사람이 있다
내 사랑하는 어여쁜 사람이
어늬 먼 앞대 조용한 개포가의 나즈막한 집에서
그의 지아비와 마조 앉어 대구국을 끓여놓고 저녁을 먹는다
벌써 어린것도 생겨서 옆에 끼고 저녁을 먹는다

그런데 또 이즈막하야 어느 사이엔가

이 흰 바람벽엔

내 쓸쓸한 얼골을 처다보며

이러한 글자들이 지나간다

　　— 나는 이 세상에서 가난하고 외롭고 높고 쓸쓸하니 살어

　　　가도록 태어났다

　　그리고 이 세상을 살어가는데

　　내 가슴은 너무도 많이 뜨거운 것으로 호젓한 것으로 사

　　　랑으로 슬픔으로 가득 찬다

그리고 이번에는 나를 위로하는 듯이 나를 울럭하는 듯이

눈질을 하며 주먹질을 하며 이런 글자들이 지나간다

　　— 하눌이 이 세상을 내일 적에 그가 가장 귀해하고 사랑하

　　　는 것들은 모두 가난하고 외롭고 높고 쓸쓸하니 그리고

　　　언제나 넘치는 사랑과 슬픔 속에 살도록 만드신 것이다

　　초생달과 바구지꽃과 짝새와 당나귀가 그러하듯이

　　그리고 또 '프랑시쓰 쨈'과 도연명(陶淵明)과 '라이넬 마리

　　아 릴케'가 그러하듯이

Water Lilies
1903

The Red Cape (Madame Monet)
c.1870

탕약(湯藥)

눈이 오는데
토방에서는 질화로 우에 곱돌탕관에 약이 끓는다
삼에 숙변에 목단에 백복령에 산약에 택사의 몸을 보한다는
육미탕(六味湯)이다
약탕관에서는 김이 오르며 달큼한 구수한 향기로운 내음새
가 나고
약이 끓는 소리는 삐삐 즐거웁기도 하다

그리고 다 달인 약을 하이얀 약사발에 밭어놓은 것은
아득하니 깜하야 만년(萬年) 넷적이 들은 듯한데
나는 두 손으로 고이 약그릇을 들고 이 약을 내인 넷사람들
을 생각하노라면
내 마음은 끝없이 고요하고 또 맑어진다

The Luncheon
1868

여우난골족(族)

명절날 나는 엄매 아배 따라 우리집 개는 나를 따라 진할머
니 진할아버지가 있는 큰집으로 가면

얼굴에 별자국이 솜솜 난 말수와 같이 눈도 껌벅거리는 하
로에 베 한 필을 짠다는 벌 하나 건너 집엔 복숭아나무가 많
은 신리(新理) 고무 고무의 딸 이녀(李女) 작은이녀
열여섯에 사십(四十)이 넘은 홀아비의 후처가 된 포족족하
니 성이 잘 나는 살빛이 매감탕 같은 입술과 젖꼭지는 더 까
만 예수쟁이 마을 가까이 사는 토산(土山) 고무 고무의 딸
승녀(承女) 아들 승(承)동이
육십리(六十里)라고 해서 파랗게 뵈이는 산(山)을 넘어 있다
는 해변에서 과부가 된 코끝이 빨간 언제나 흰옷이 정하든
말끝에 설게 눈물을 짤 때가 많은 큰골 고무 고무의 딸 홍녀
(洪女)아들 홍(洪)동이 작은홍(洪)동이
배나무접을 잘하는 주정을 하면 토방돌을 뽑는 오리치를
잘 놓는 먼 섬에 반디젓 담그러 가기를 좋아하는 삼춘 삼춘
엄매 사춘누이 사춘동생들

이 그득히들 할머니 할아버지가 있는 안간에들 모여서 방안에서는 새 옷의 내음새가 나고
또 인절미 송구떡 콩가루차떡의 내음새도 나고 끼때의 두부와 콩나물과 뽂은 잔디와 고사리와 도야지비계는 모두 선득선득하니 찬 것들이다

저녁술을 놓은 아이들은 외양간섶 밭마당에 달린 배나무동산에서 쥐잡이를 하고 숨굴막질을 하고 꼬리잡이를 하고 가마 타고 시집가는 놀음 말 타고 장가가는 놀음을 하고 이렇게 밤이 어둡도록 북적하니 논다
밤이 깊어가는 집안엔 엄매는 엄매들끼리 아르간에서들 웃고 이야기하고 아이들은 아이들끼리 웃간 한 방을 잡고 조아질하고 쌈방이 굴리고 바리깨돌림하고 호박떼기하고 제비손이구손이하고 이렇게 화디의 사기방등에 심지를 몇 번이나 돋구고 홍게닭이 몇 번이나 울어서 졸음이 오면 아릇목싸움 자리싸움을 하며 히드득거리다 잠이 든다 그래서는 문창에 텅납새의 그림자가 치는 아침 시누이 동세들이 욱적하니 홍성거리는 부엌으론 샛문틈으로 장지문틈으로 무이징게국을 끓이는 맛있는 내음새가 올라오도록 잔다

61

Landscape at Giverny
1888

Camille and Jean Monet in the Garden at Argenteuil
1873

목구(木具)

오대(五代)나 나린다는 크나큰 집 다 찌그러진 들지고방 어
득시근한 구석에서 쌀독과 말쿠지와 숫돌과 신뚝과 그리고
넷적과 또 열두 데석님과 친하니 살으면서

한 해에 몇 번 매연 지난 먼 조상들의 최방등 제사에는 컴
컴한 고방 구석을 나와서 대멀머리에 외얏맹건을 지르터맨
늙은 제관의 손에 정갈히 몸을 씻고 교우 우에 모신 신주 앞
에 환한 촛불 밑에 피나무 소담한 제상 위에 떡 보탕 식혜
산적 나물지짐 반봉 과일 들을 공손하니 받들고 먼 후손들
의 공경스러운 절과 잔을 굽어보고 또 애끊는 통곡과 축을
귀에 하고 그리고 합문 뒤에는 흠향 오는 구신들과 호호히
접하는 것

구신과 사람과 넋과 목숨과 있는 것과 없는 것과 한 줌 흙과
한 점 살과 먼 넷조상과 먼 훗자손의 거룩한 아득한 슬픔을
담는 것

내 손자의 손자와 손자와 나와 할아버지와 할아버지의 할
아버지와 할아버지의 할아버지의 할아버지와…… 수원백
씨(水原白氏) 정주백촌(定州白村)의 힘세고 꿋꿋하나 어질고
정 많은 호랑이 같은 곰 같은 소 같은 피의 비 같은 밤 같은
달 같은 슬픔을 담는 것아 슬픔을 담는 것

Festival at Argenteuil
1872

The Dinner
1868 - 1869

고방

낡은 질동이에는 갈 줄 모르는 늙은 집난이같이 송구떡이 오래도록 남아 있었다

오지항아리에는 삼촌이 밥보다 좋아하는 찹쌀탁주가 있어서 삼촌의 임내를 내어가며 나와 사춘은 시큼털털한 술을 잘도 채어 먹었다

제삿날이면 귀머거리 할아버지 가에서 왕밤을 밝고 싸리꼬치에 두부산적을 께었다

손자아이들이 파리떼같이 모이면 곰의 발 같은 손을 언제나 내어둘렀다

구석의 나무말쿠지에 할아버지가 삼는 소신 같은 짚신이 둑둑이 걸리어도 있었다

녯말이 사는 컴컴한 고방의 쌀독 뒤에서 나는 저녁 끼때에 부르는 소리를 듣고도 못 들은 척하였다

Gardener's House at Antibes
1888

남신의주 유동 박시봉방(南新義州 柳洞 朴時逢方)

어느 사이에 나는 아내도 없고, 또,

아내와 같이 살던 집도 없어지고,

그리고 삼뜰한 부모며 동생들과도 멀리 떨어져서,

그 어느 바람 세인 쓸쓸한 거리 끝에 헤매이었다.

바로 날도 저물어서,

바람은 더욱 세게 불고, 추위는 점점 더해 오는데,

나는 어느 목수(木手)네 집 헌 샅을 깐,

한 방에 들어서 쥔을 붙이었다.

이리하여 나는 이 습내 나는 춥고, 누굿한 방에서,

낮이나 밤이나 나는 나 혼자라도 너무 많은 것같이 생각하며,

딜옹배기에 북덕불이라도 담겨 오면,

이것을 안고 손을 쬐며 재 우에 뜻없이 글자를 쓰기도 하며,

또 문 밖에 나가디두 않구 자리에 누워서,

머리에 손깍지벼개를 하고 굴기도 하면서,

나는 내 슬픔이며 어리석음이며를 소처럼 연하여 쌔김질하는 것이었다.

내 가슴이 꽉 메어 올 적이며,

내 눈에 뜨거운 것이 핑 괴일 적이며,

또 내 스스로 화끈 낯이 붉도록 부끄러울 적이며,

나는 내 슬픔과 어리석음에 눌리어 죽을 수밖에 없는 것을 느끼는 것이었다.

그러나 잠시 뒤에 나는 고개를 들어,

허연 문창을 바라보든가 또 눈을 떠서 높은 턴정을 쳐다보는 것인데,

이때 나는 내 뜻이며 힘으로, 나를 이끌어 가는 것이 힘든 일인 것을 생각하고,

이것들보다 더 크고, 높은 것이 있어서, 나를 마음대로 굴려 가는 것을 생각하는 것인데,

이렇게 하여 여러 날이 지나는 동안에,

내 어지러운 마음에는 슬픔이며, 한탄이며, 가라앉을 것은 차츰 앙금이 되어 가라앉고,

외로운 생각만이 드는 때쯤 해서는,

더러 나줏손에 쌀랑쌀랑 싸락눈이 와서 문창을 치기도 하는 때도 있는데,

나는 이런 저녁에는 화로를 더욱 다가 끼며, 무릎을 꿇어 보며,

어니 먼 산 뒷옆에 바우섶에 따로 외로이 서서,

어두워 오는데 하이야니 눈을 맞을, 그 마른 잎새에는,

쌀랑쌀랑 소리도 나며, 눈을 맞을,

그 드물다는 굳고 정한 갈매나무라는 나무를 생각하는 것이었다.

A Corner of the Studio
1861

The Mill at Vervy
1889

정주성

산(山)턱 원두막은 뷔였나 불빛이 외롭다
헝겊심지에 아즈까리 기름의 쪼는 소리가 들리는 듯하다

잠자리 조을든 문허진 성(城)터
반딧불이 난다 파란 혼(魂)들 같다
어데서 말 있는 듯이 크다란 산(山)새 한 마리 어두운 골짜기로
난다

헐리다 남은 성문(城門)이
한울빛같이 훤하다
날이 밝으면 또 메기수염의 늙은이가 청배를 팔러 올 것이다

The Tuileries (Study)
1876

비

아카시아들이 언제 흰 두레방석을 깔았나
어데서 물쿤 개비린내가 온다

Morning on the Seine in the Rain
1897 - 1898

하답(夏畓)

짝새가 발뿌리에서 닐은 논드렁에서 아이들은
개구리의 뒷다리를 구워 먹었다

게구멍을 쑤시다 물쿤하고 배암을 잡은 늪의
피 같은 물이끼에 햇볕이 따그웠다

돌다리에 앉어 날버들치를 먹고 몸을 말리는
아이들은 물총새가 되었다

Olive Tree Wood in the Moreno Garden
1884

바다

바닷가에 왔드니
바다와 같이 당신이 생각만 나는구려
바다와 같이 당신을 사랑하고만 싶구려

구붓하고 모래톱을 오르면
당신이 앞선 것만 같구려
당신이 뒤선 것만 같구려

그리고 지중지중 물가를 거닐면
당신이 이야기를 하는 것만 같구려
당신이 이야기를 끊는 것만 같구려

바닷가는
개지꽃에 개지 아니 나오고
고기비눌에 하이얀 햇볕만 쇠리쇠리하야
어쩐지 쓸쓸만 하구려 섧기만 하구려

The Sea and the Alps
1888

산(山)비

산(山)뽕닢에 빗방울이 친다
멧비들기가 닌다
나무등걸에서 자벌기가 고개를 들었다 멧비들기켠을 본다

Rain in Belle-Ile
1886

머루밤

불을 끈 방안에 횃대의 하이얀 옷이 멀리 추울 것같이

개방위(方位)로 말방울 소리가 들려온다

문(門)을 연다 머루빛 밤한울에
송이버슷의 내음새가 났다

Sunset
1880

고향(故鄕)

나는 북관(北關)에 혼자 앓어 누워서
어늬 아츰 의원(醫員)을 뵈이었다.
의원(醫員)은 여래(如來) 같은 상을 하고 관공(關公)의
수염을 드리워서
먼 녯적 어느 나라 신선 같은데
새끼손톱 길게 돋은 손을 내어
묵묵하니 한참 맥을 짚드니
문득 물어 고향(故鄕)이 어데냐 한다
평안도(平安道) 정주(定州)라는 곳이라 한즉
그러면 아무개씨(氏) 고향(故鄕)이란다
그러면 아무개씰(氏) 아느냐 한즉
의원은 빙긋이 웃음을 띠고
막역지간(莫逆之間)이라며 수염을 쓴다
나는 아버지로 섬기는 이라 한즉
의원(醫員)은 또다시 넌즈시 웃고
말없이 팔을 잡어 맥을 보는데
손길이 따스하고 부드러워
고향(故鄕)도 아버지도 아버지의 친구도 다 있었다

Portrait of Monsieur Coquette, Father
1880

쓸쓸한 길

거적장사 하나 산(山) 뒷녚 비탈을 오른다
아―따르는 사람도 없이 쓸쓸한 쓸쓸한 길이다
산(山)가마귀만 울며 날고
도적갠가 개 하나 어정어정 따러간다
이스라치전이 드나 머루전이 드나
수리취 땅버들의 하이얀 복이 서러웁다
뚜물같이 흐린 날 동풍(東風)이 설렌다

Rocks at Falaise near Giverny
1885

추야일경(秋夜一景)

닭이 두 홰나 울었는데
안방 큰방은 홰줏하니 당등을 하고
인간들은 모두 웅성웅성 깨어 있어서들
오가리며 석박디를 썰고
생강에 파에 청각에 마늘을 다지고

시래기를 삶는 훈훈한 방안에는
양념 내음새가 싱싱도 하다

밖에는 어데서 물새가 우는데
토방에선 햇콩두부가 고요히 숨이 들어갔다

Haystacks at Giverny
1885

늙은 갈대의 독백

해가 진다
갈새는 얼마 아니하야 잠이 든다
물닭도 쉬이 어느 낯설은 논드렁에서 돌아온다
바람이 마을을 오면 그때 우리는 섧게 늙음의 이야기를 편다

보름밤이면
갈거이와 함께 이 언덕에서 달보기를 한다
강물과 같이 세월(歲月)의 노래를 부른다
새우들이 마른 잎새에 올라 앉는 이때가 나는 좋다

어느 처녀(處女)가 내 잎을 따 갈부던을 결었노
어느 동자(童子)가 내 잎을 따 갈나발을 불었노
어느 기러기 내 순한 대를 입에다 물고 갔노
아— 어느 태공망(太公望)이 내 젊음을 낚어 갔노

92

이 몸의 매듭매듭
잃어진 사랑의 허물자국
별 많은 어느 밤 강을 날여간 강다릿배의 갈대 피리
비오는 어느 아침 나룻배 나린 길손의 갈대 지팽이
모두 내 사랑이었다

해오라비조는 곁에서
물뱀의 새끼를 업고 나는 꿈을 꾸었다
— 벼름질로 돌아오는 낮이 나를 다리려 왔다
   달구지 타고 산골로 삿자리의 벼슬을 갔다

The Port of Le Havre, Night Effect
1873

The Willows
1880

절망(絶望)

북관(北關)에 계집은 튼튼하다
북관(北關)에 계집은 아름답다
아름답고 튼튼한 계집은 있어서
흰 저고리에 붉은 길동을 달어
검정치마에 받쳐입은 것은
나의 꼭 하나 즐거운 꿈이였드니
어늬 아츰 계집은
머리에 무거운 동이를 이고
손에 어린것의 손을 끌고
가파러운 언덕길을
숨이 차서 올라갔다
나는 한종일 서러웠다

Meditation, Madame Monet Sitting on a Sofa
1870 - 1871

청시(靑柿)

별 많은 밤
하누바람이 불어서
푸른 감이 떨어진다 개가 짖는다

Sunset
c. 1868

수라(修羅)

거미새끼 하나 방바닥에 나린 것을 나는 아모 생각 없이 문 밖으로 쓸어버린다
차디찬 밤이다

언제인가 새끼거미 쓸려나간 곳에 큰거미가 왔다
나는 가슴이 짜릿한다
나는 또 큰거미를 쓸어 문밖으로 버리며
찬 밖이라도 새끼 있는 데로 가라고 하며 서러워한다

이렇게 해서 아린 가슴이 싹기도 전이다
어데서 좁쌀알만한 알에서 가제 깨인 듯한 발이 채 서지도 못한 무척 적은 새끼거미가 이번엔 큰거미 없어진 곳으로 와서 아물거린다
나는 가슴이 메이는 듯하다
내 손에 오르기라도 하라고 나는 손을 내어미나 분명히 울 고불고할 이 작은 것은 나를 무서우이 달어나버리며 나를 서럽게 한다
나는 이 작은 것을 고이 보드러운 종이에 받어 또 문밖으로 버리며
이것의 엄마와 누나나 형이 가까이 이것의 걱정을 하며 있 다가 쉬이 만나기나 했으면 좋으련만 하고 슬퍼한다

Water Lily Pond
1900

자류(柘榴)

남방토(南方土) 풀 안 돋은 양지귀가 본이다
햇비 멎은 저녁의 노을 먹고 산다

태고(太古)에 나서
선인도(仙人圖)가 꿈이다
고산정토(高山淨土)에 산약(山藥) 캐다 오다

달빛은 이향(異鄉)
눈은 정기 속에 어우러진 싸움

Entering the Village of Vetheuil in Winter
1879

나와 나타샤와 흰당나귀

가난한 내가
아름다운 나타샤를 사랑해서
오늘밤은 푹푹 눈이 나린다

나타샤를 사랑은 하고
눈은 푹푹 날리고
나는 혼자 쓸쓸히 앉어 소주(燒酒)를 마신다
소주(燒酒)를 마시며 생각한다
나타샤와 나는
눈이 푹푹 쌓이는 밤 흰당나귀 타고
산골로 가자 출출이 우는 깊은 산골로 가 마가리에 살자

눈은 푹푹 나리고
나는 나타샤를 생각하고
나타샤가 아니 올 리 없다
언제 벌써 내 속에 고조곤히 와 이야기한다
산골로 가는 것은 세상에 지는 것이 아니다
세상 같은 건 더러워 버리는 것이다

눈은 푹푹 나리고
아름다운 나타샤는 나를 사랑하고
어데서 흰당나귀도 오늘밤이 좋아서 응앙응앙 울을 것이다

Norway, Sandviken Village in the Snow
1895

Snow at Argenteuil
1875

두보(杜甫)나 이백(李白)같이

오늘은 정월(正月) 보름이다
대보름 명절인데
나는 멀리 고향을 나서 남의 나라 쓸쓸한 객고에 있는 신세로다
옛날 두보(杜甫)나 이백(李白) 같은 이 나라의 시인(詩人)도
먼 타관에 나서 이날을 맞은 일이 있었을 것이다
오늘 고향의 내 집에 있는다면
새 옷을 입고 새 신도 신고 고기도 억병 먹고
일가친척들과 서로 모여 즐거이 웃음으로 지날 것이연만
나는 오늘 때묻은 입든 옷에 마른물고기 한 토막으로
혼자 외로이 앉아 이것저것 쓸쓸한 생각을 하는 것이다
옛날 그 두보(杜甫)나 이백(李白) 같은 이 나라의 시인(詩人)도
이날 이렇게 마른물고기 한 토막으로 외로이 쓸쓸한 생각을
한 적도 있었을 것이다
나는 이제 어늬 먼 외진 거리에 한고향 사람의 조고마한 가업집
이 있는 것을 생각하고
이 집에 가서 그 맛스러운 떡국이라도 한 그릇 사먹으리라 한다
우리네 조상들이 먼먼 녯날로부터 대대로 이날엔 으레히 그러하
며 오듯이

먼 타관에 난 그 두보(杜甫)나 이백(李白) 같은 이 나라의 시인(詩人)도

이날은 그 어느 한고향 사람의 주막이나 반관(飯館)을 찾어가서

그 조상들이 대대로 하든 본대로 원소(元宵)라는 떡을 입에 대며

스스로 마음을 느꾸어 위안하지 않었을 것인가

그러면서 이 마음이 맑은 녯 시인(詩人)들은

먼 훗날 그들의 먼 훗자손들도

그들의 본을 따서 이날에는 원소(元宵)를 먹을 것을

외로이 타관에 나서도 이 원소(元宵)를 먹을 것을 생각하며

그들이 아득하니 슬펐을 듯이

나도 떡국을 놓고 아득하니 슬플 것이로다

아, 이 정월(正月) 대보름 명절인데

거리에는 오독독이 탕탕 터지고 호궁(胡弓) 소리 삘삘 높아서

내 쓸쓸한 마음엔 자꼬 이 나라의 녯 시인(詩人)들이 그들의 쓸쓸한 마음들이 생각난다

내 쓸쓸한 마음은 아마 두보(杜甫)나 이백(李白) 같은 사람들의 마음인지도 모를 것이다

아모려나 이것은 녯투의 쓸쓸한 마음이다

A Seascape, Shipping by Moonlight
1864

Corner of the Apartment
1875

국수

눈이 많이 와서
산엣새가 벌로 나려 멕이고
눈구덩이에 토끼가 더러 빠지기도 하면
마을에는 그 무슨 반가운 것이 오는가보다
한가한 애동들은 어둡도록 꿩사냥을 하고
가난한 엄매는 밤중에 김치가재미로 가고
마을을 구수한 즐거움에 싸서 은근하니 홍성홍성 들뜨게 하며
이것은 오는 것이다
이것은 어늬 양지귀 혹은 능달쪽 외따른 산 녚 은댕이 예데가리
밭에서
하로밤 뽀오햔 흰 김 속에 접시귀 소기름불이 뿌우현 부엌에
산멍에 같은 분틀을 타고 오는 것이다
이것은 아득한 녯날 한가하고 즐겁든 세월로부터
실 같은 봄비 속을 타는 듯한 녀름볕 속을 지나서 들쿠레한
구시월 갈바람 속을 지나서
대대로 나며 죽으며 죽으며 나며 하는 이 마을 사람들의 으젓한
마음을 지나서 텁텁한 꿈을 지나서
지붕에 마당에 우물든덩에 함박눈이 푹푹 쌓이는 여늬 하로밤
아배 앞에 그 어린 아들 앞에 아배 앞에는 왕사발에 아들 앞에는
새끼사발에 그득히 사리워 오는 것이다

이것은 그 곰의 잔등에 업혀서 길여났다는 먼 녯적 큰마니가

또 그 짚등색이에 서서 자채기를 하면 산 넘엣 마을까지 들렸다는

먼 녯적 큰아바지가 오는 것같이 오는 것이다

아, 이 반가운 것은 무엇인가

이 히수무레하고 부드럽고 수수하고 슴슴한 것은 무엇인가

겨울밤 쩡하니 닉은 동티미국을 좋아하고 얼얼한 댕추가루를 좋

아하고 싱싱한 산꿩의 고기를 좋아하고

그리고 담배 내음새 탄수 내음새 또 수육을 삶는 육수국 내음새 자

욱한 더북한 삿방 쩔쩔 끓는 아르굳을 좋아하는 이것은 무엇인가

이 조용한 마을과 이 마을의 으젓한 사람들과 살틀하니 친한 것은

무엇인가

이 그지없이 고담하고 소박한 것은 무엇인가

Road at Louveciennes, Melting Snow, Sunset
1870

Snow Effect with Setting Sun
1875

산지(山地)

갈부던 같은 약수(藥水)터의 산(山)거리
여인숙(旅人宿)이 다래나무지팽이와 같이 많다

시냇물이 버러지 소리를 하며 흐르고
대낮이라도 산(山) 옆에서는
승냥이가 개울물 흐르듯 운다

소와 말은 도로 산(山)으로 돌아갔다
염소만이 아직 된비가 오면 산(山)개울에 놓인 다리를 건너 인
가(人家) 근처로 뛰여온다

벼랑탁의 어두운 그늘에 아츰이면
부헝이가 무거웁게 날러온다
낮이 되면 더 무거웁게 날러가버린다

산(山) 너머 십오리(十五里)서 나무뒝치 차고 싸리신 신고 산(山)
비에 촉촉이 젖어서 약(藥)물을 받으러 오는 산(山)아이도 있다

아비가 앓는가부다
다래 먹고 앓는가부다
아랫마을에서는 애기무당이 작두를 타며 굿을 하는 때가 많다

Under the Pine Trees at the End of the Day
1888

주막(酒幕)

호박닢에 싸오는 붕어곰은 언제나 맛있었다

부엌에는 빨갛게 질들은 팔(八)모알상이 그 상 우엔 새파란
싸리를 그린 눈알만한 잔(盞)이 뵈였다

아들아이는 범이라고 장고기를 잘 잡는 앞니가 뻐드러진
나와 동갑이었다

울파주 밖에는 장꾼들을 따러와서 엄지의 젖을 빠는 망아
지도 있었다

Still Life with Bottle, Carafe Bread and Wine
c. 1862 - 1863

흰밤

녯성(城)의 돌담에 달이 올랐다
묵은 초가지붕에 박이
또 하나 달같이 하이얗게 빛난다
언젠가 마을에서 수절과부 하나가 목을 매여 죽은 밤도
이러한 밤이었다

Seascape, Storm
1866

고야(古夜)

아배는 타관 가서 오지 않고 산(山)비탈 외따른 집에 엄매와
나와 단둘이서 누가 죽이는 듯이 무서운 밤 집 뒤로는 어느
산(山)골짜기에서 소를 잡어먹는 노나리꾼들이 도적놈들같
이 쿵쿵거리며 다닌다

날기멍석을 져간다는 닭보는 할미를 차 굴린다는 땅아래 고
래 같은 기와집에는 언제나 니차떡에 청밀에 은금보화가 그
득하다는 외발 가진 조마구 뒷산(山) 어늬메도 조마구네 나
라가 있어서 오줌 누러 깨는 재밤 머리맡의 문살에 대인 유
리창으로 조마구 군병의 새까만 대가리 새까만 눈알이 들여
다보는 때 나는 이불 속에 자즈러붙어 숨도 쉬지 못한다

또 이러한 밤 같은 때 시집갈 처녀 막내고무가 고개 너머 큰
집으로 치장감을 가지고 와서 엄매와 둘이 소기름에 쌍심지
의 불을 밝히고 밤이 들도록 바느질을 하는 밤 같은 때 나는
아릇목의 삿귀를 들고 쇠든밤을 내여 다람쥐처럼 밝어먹고
은행여름을 인두불에 구워도 먹고 그러다는 이불 우에서 광
대넘이를 뒤이고 또 누워 굴면서 엄매에게 웃목에 두른 평풍
의 새빨간 천두의 이야기를 듣기도 하고 고무더러는 밝는 날
멀리는 못 난다는 뫼추라기를 잡어달라고 조르기도 하고

내일같이 명절날인 밤은 부엌에 째듯하니 불이 밝고 솥뚜껑이 놀으며 구수한 내음새 곰국이 무르끓고 방안에서는 일가집 할머니가 와서 마을의 소문을 펴며 조개송편에 달송편에 죈두기송편에 떡을 빚는 곁에서 나는 밤소 팥소 설탕 든 콩가루소를 먹으며 설탕 든 콩가루소가 가장 맛있다고 생각한다
나는 얼마나 반죽을 주무르며 흰가루손이 되어 떡을 빚고 싶은지 모른다

섣달에 냅일날이 들어서 냅일날 밤에 눈이 오면 이 밤엔 쌔하얀 할미귀신의 눈귀신도 냅일눈을 받노라 못 난다는 말을 든든히 녀기며 엄매와 나는 앙궁 우에 떡돌 우에 곱새담 우에 함지에 버치며 대냥푼을 놓고 치성이나 드리듯이 정한 마음으로 냅일눈 약눈을 받는다
이 눈세기물을 냅일물이라고 제주병에 진상항아리에 채워두고는 해를 묵여가며 고뿔이 와도 배앓이를 해도 갑피기를 앓어도 먹을 물이다

Walk (Road of the Farm Saint-Siméon)
1864

Basket of Graphes, Quinces and Pears
1882 - 1885

모닥불

새끼오리도 헌신짝도 소똥도 갓신창도 개니빠디도 너울쪽
도 짚검불도 가락닢도 머리카락도 헝겊조각도 막대꼬치도
기왓장도 닭의 짖도 개터럭도 타는 모닥불

재당도 초시도 문장(門長) 늙은이도 더부살이 아이도 새사
위도 갓사둔도 나그네도 주인도 할아버지도 손자도 붓장사
도 땜쟁이도 큰 개도 강아지도 모두 모닥불을 쪼인다

모닥불은 어려서 우리 할아버지가 어미 아비 없는 서러운
아이로 불상하니도 몽둥발이가 된 슬픈 력사가 있다

Customs House, Rose Effect
1897

가즈랑집

승냥이가 새끼를 치는 전에는 쇠메 든 도적이 났다는 가즈랑고개

가즈랑집은 고개 밑의
산(山) 너머 마을서 도야지를 잃는 밤 즘생을 쫓는 깽제미 소리가
무서웁게 들려오는 집
닭 개 즘생을 못 놓는
멧도야지와 이웃사춘을 지나는 집

예순이 넘은 아들 없는 가즈랑집 할머니는 중같이 정해서 할머니가
마을을 가면 긴 담뱃대에 독하다는 막써레기를 몇 대라도 붙이라고
하며

간밤엔 섬돌 아래 승냥이가 왔었다는 이야기
어느메 산(山)골에선간 곰이 아이를 본다는 이야기

나는 돌나물김치에 백설기를 먹으며
녯말의 구신집에 있는 듯이
가즈랑집 할머니
내가 날 때 죽은 누이도 날 때
무명필에 이름을 써서 백지 달어서 구신간시렁의 당즈깨에 넣어

128

대감님께 수영을 들였다는 가즈랑집 할머니
언제나 병을 앓을 때면
신장님 달런이라고 하는 가즈랑집 할머니
구신의 딸이라고 생각하면 슬퍼졌다

토끼도 살이 오른다는 때 아르대 즘퍼리에서 제비꼬리 마타리
쇠조지 가지취 고비 고사리 두릅순 회순 산(山)나물을 하는 가즈
랑집 할머니를 따르며
나는 벌써 달디단 물구지우림 둥굴네우림을 생각하고
아직 멀은 도토리묵 도토리범벅까지도 그리워한다

뒤울안 살구나무 아래서 광살구를 찾다가
살구벼락을 맞고 울다가 웃는 나를 보고
밑구멍에 털이 몇 자나 났나 보자고 한 것은 가즈랑집 할머니다
찰복숭아를 먹다가 씨를 삼키고는 죽는 것만 같어 하로종일 놀
지도 못하고 밥도 안 먹은 것도
가즈랑집에 마을을 가서
당세 먹은 강아지같이 좋아라고 집오래를 설레다가였다

The Custom's House
1882

Portrait of Eugenie Graff (Madame Paul)
1882

오리 망아지 토끼

오리치를 놓으려 아배는 논으로 나려간 지 오래다
오리는 동비탈에 그림자를 떨어트리며 날어가고 나는 동말
랭이에서 강아지처럼 아배를 부르며 울다가
시악이 나서는 등 뒤 개울물에 아배의 신짝과 버선목과 대
님오리를 모다 던져버린다

장날 아츰에 앞 행길로 엄지 따러 지나가는 망아지를 내라
고 나는 조르면
아배는 행길을 향해서 크다란 소리로
　　— 매지야 오나라
　　— 매지야 오나라

새하려 가는 아배의 지게에 치워 나는 산(山)으로 가며 토끼
를 잡으리라고 생각한다
맞구멍 난 토끼굴을 아배와 내가 막어서면 언제나 토끼새
끼는 내 다리 아래로 달어났다
나는 서글퍼서 서글퍼서 울상을 한다

Farmyard at Chailly
1865

초동일(初冬日)

흙담벽에 볕이 따사하니
아이들은 물코를 흘리며 무감자를 먹었다

돌덜구에 천상수(天上水)가 차게
복숭아나무에 시라리타래가 말러갔다

The Lindens of Poissy
1882

적경(寂境)

신 살구를 잘도 먹드니 눈 오는 아츰
나어린 안해는 첫아들을 낳었다

인가(人家) 멀은 산(山)중에
까치는 배나무에서 즞는다

컴컴한 부엌에서는 늙은 홀아비의 시아부지가 미역국을 끓인다
그 마을의 외따른 집에서도 산국을 끓인다

Farm near Honfleur
1864

미명계(未明界)

자즌닭이 울어서 술국을 끓이는 듯한 추탕(鰍湯)집의 부엌은
뜨수할 것같이 불이 뿌연히 밝다

초롱이 히근하니 물지게꾼이 우물로 가며
별 사이에 바라보는 그믐달은 눈물이 어리었다

행길에는 선장 대여가는 장꾼들의 종이등(燈)에 나귀눈이 빛났다
어데서 서러웁게 목탁(木鐸)을 뚜드리는 집이 있다

The House at Giverny Viewed from the Rose Garden
1922 - 1924

성외(城外)

어두워오는 성문(城門) 밖의 거리
도야지를 몰고 가는 사람이 있다

엿방 앞에 엿궤가 없다

양철통을 쩔렁거리며 달구지는 거리 끝에서 강원도
(江原道)로 간다는 길로 든다

술집 문창에 그느슥한 그림자는 머리를 얹혔다

The Castle of Dolceacqua
1884

추일산조(秋日山朝)

아츰볕에 섶구슬이 한가로이 익는 골짝에서
꿩은 울어 산(山)울림과 장난을 한다

산(山)마루를 탄 사람들은 새꾼들인가
파란 한울에 떨어질 것같이
웃음소리가 더러 산(山) 밑까지 들린다

순례(巡禮)중이 산(山)을 올라간다
어젯밤은 이 산(山) 절에 재(齋)가 들었다

무릿돌이 굴어나리는 건 중의 발꿈치에선가

142

The Shoot
1876

여승(女僧)

여승(女僧)은 합장(合掌)하고 절을 했다
가지취의 내음새가 났다
쓸쓸한 낯이 넷날같이 늙었다
나는 불경(佛經)처럼 서러워졌다

평안도(平安道)의 어늬 산(山) 깊은 금덤판
나는 파리한 여인(女人)에게서 옥수수를 샀다
여인(女人)은 나어린 딸아이를 따리며 가을밤같이 차게 울었다

섶벌같이 나아간 지아비 기다려 십 년(十年)이 갔다
지아비는 돌아오지 않고
어린 딸은 도라지꽃이 좋아 돌무덤으로 갔다

산(山)꿩도 설게 울은 슬픈 날이 있었다
산(山)절의 마당귀에 여인(女人)의 머리오리가 눈물방울과 같이
떨어진 날이 있었다

Portrait of Suzanne Hoschede with Sunflowers
1890

노루

산(山)골에서는 집터를 츠고 달궤를 닦고
보름달 아래서 노루고기를 먹었다

Small Country Farm in Bordighera
1884

절간의 소 이야기

병이 들면 풀밭으로 가서 풀을 뜯는 소는 인간(人間)보다 영
(靈)해서 열 걸음 안에 제 병을 낫게 할 약(藥)이 있는 줄을 안
다고

수양산(首陽山)의 어늬 오래된 절에서 칠십(七十)이 넘은 로장
은 이런 이야기를 하며 치맛자락의 산(山)나물을 추었다

Irises 2
1914 - 1917

오금덩이라는 곳

어스름저녁 국수당 돌각담의 수무나무 가지에 녀귀의 탱을
걸고 나물매 갖추어놓고 비난수를 하는 젊은 새악시들
　　— 잘 먹고 가라 서리서리 물러가라 네 소원 풀었으니
　　　　다시 침노 말아라

벌개눞역에서 바리깨를 뚜드리는 쇳소리가 나면
누가 눈을 앓아서 부증이 나서 찰거마리를 부르는 것이다
마을에서는 피성한 눈슭에 저린 팔다리에 거마리를 붙인다

여우가 우는 밤이면
잠 없는 노친네들은 일어나 팥을 깔며 방뇨를 한다
여우가 주둥이를 향하고 우는 집에서는 다음날 으레히
흉사가 있다는 것은 얼마나 무서운 말인가

Mount Kolsaas
1895

시기(柿崎)의 바다

저녁밥때 비가 들어서
바다엔 배와 사람이 흥성하다

참대창에 바다보다 푸른 고기가 께우며 섬돌에 곱조개가 붙
는 집의 복도에서는 배창에 고기 떨어지는 소리가 들렸다

이즉하니 물기에 누굿이 젖은 왕구새자리에서 저녁상을 받
은 가슴 앓는 사람은 참치회를 먹지 못하고 눈물겨웠다

어득한 기슭의 행길에 얼굴이 해쓱한 처녀가 저녁달같이
아 아즈내인데 병인(病人)은 미역 냄새 나는 덧문을 닫고 버
러지같이 누웠다

The Departure of the Boats, Etretat
1885

창의문외(彰義門外)

무이밭에 흰나뷔 나는 집 밤나무 머루넝쿨 속에 키질하는
소리만이 들린다
우물가에서 까치가 자꼬 즞거니 하면
붉은 수탉이 높이 샛더미 우로 올랐다
텃밭가 재래종(在來種)의 임금(林檎)나무에는 이제도 콩알만
한 푸른 알이 달렸고 히스무레한 꽃도 하나 둘 퓌여 있다
돌담 기슭에 오지항아리 독이 빛난다

View At Rouelles Le Havre
1858

정문촌(旌門村)

주홍칠이 날은 정문(旌門)이 하나 마을 어구에 있었다

'효자노적지지정문(孝子盧迪之之旌門)' — 몬지가 겹겹이 앉은 목각
(木刻)의 액(額)에 나는 열 살이 넘도록 갈지자(字) 둘을 웃었다

아카시아꽃의 향기가 가득하니 꿀벌들이 많이 날어드는 아츰
구신은 없고 부헝이가 담벽을 띠쫗고 죽었다

기왓골에 배암이 푸르스름히 빛난 달밤이 있었다
아이들은 쪽재피같이 먼 길을 돌았다

정문(旌門)집 가난이는 열다섯에
늙은 말꾼한테 시집을 갔겄다

Woodbearers in Fontainebleau Forest
1864

여우난골

박을 삶는 집
할아버지와 손자가 오른 지붕 우에 한울빛이 진초록이다
우물의 물이 쓸 것만 같다

마을에서는 삼굿을 하는 날
건넌마을서 사람이 물에 빠져 죽었다는 소문이 왔다

노란 싸릿닢이 한불 깔린 토방에 햇츰방석을 깔고
나는 호박떡을 맛있게도 먹었다

어치라는 산(山)새는 벌배 먹어 고읍다는 골에서 돌배 먹고
아픈 배를 아이들은 띨배 먹고 나았다고 하였다

View on Village of Giverny
1886

삼방(三防)

갈부던 같은 약수(藥水)터의 산(山)거리엔 나무그릇과 다래
나무지팽이가 많다

산(山) 너머 십오리(十五里)서 나무뒝치 차고 싸리신 신고 산
(山)비에 촉촉이 젖어서 약(藥)물을 받으려 오는 두멧아이들
도 있다

아랫마을에서는 애기무당이 작두를 타며 굿을 하는 때가
많다

The Pave de Chailly in the Forest
1865

오리

오리야 네가 좋은 청명(清明) 밑께 밤은
옆에서 누가 뺨을 쳐도 모르게 어둡다누나
오리야 이때는 따디기가 되어 어둡단다

아무리 밤이 좋은들 오리야
해변벌에선 얼마나 너이들이 욱자지껄하며 멕이기에
해변땅에 나들이 갔든 할머니는
오리새끼들은 장웅이나 하듯이 떠들썩하니 시끄럽기도
하드란 숭인가

그래도 오리야 호젓한 밤길을 가다
가까운 논배미들에서
까알까알 하는 너이들의 즐거운 말소리가 나면
나는 내 마을 그 아는 사람들의 지껄지껄하는 말소리같이
반가웁고나
오리야 너이들의 이야기판에 나도 들어
밤을 같이 밝히고 싶고나

오리야 나는 네가 좋구나 네가 좋아서
벌논의 늪 옆에 쭈구렁벼알 달린 짚검불을 널어놓고

닭이짖 올코에 새끼달은치를 묻어놓고
동둑 넘에 숨어서
하로진일 너를 기다린다

오리야 고운 오리야 가만히 안겼거라
너를 팔어 술을 먹는 노(盧)장에 령감은
홀아비 소의연 침을 놓는 령감인데
나는 너를 백통전 하나 주고 사오누나

나를 생각하든 그 무당의 딸은 내 어린 누이에게
오리야 너를 한 쌍 주드니
어린 누이는 없고 저는 시집을 갔다건만
오리야 너는 한 쌍이 날어가누나

The Pond with Ducks in Autumn
1873

Geese in the Creek
1874

연자간

달빛도 거지도 도적개도 모다 즐겁다
풍구재도 얼럭소도 쇠드랑볕도 모다 즐겁다

도적괭이 새끼락이 나고
살진 쪽제비 트는 기지개 길고

홰냥닭은 알을 낳고 소리치고
강아지는 겨를 먹고 오줌 싸고

개들은 게모이고 쌈지거리하고
놓여난 도야지 둥구재벼오고

송아지 잘도 놀고
까치 보해 짖고

신영길 말이 울고 가고
장돌림 당나귀도 울고 가고

대들보 우에 베틀도 채일도 토리개도 모도들 편안하니
구석구석 후치도 보십도 소시랑도 모도들 편안하니

166

The Luncheon
1873

황일(黃日)

한 십리(十里) 더 가면 절간이 있을 듯한 마을이다 낮 기울은 볕이 장글장글하니 따사하다 흙은 젖이 커서 살같이 깨서 아지랑이 낀 속이 아타까운가보다 뒤울안에 복사꽃 핀 집엔 아무도 없나보다 뷔인 집에 꿩이 날어와 다니나보다 울밖 늙은 들매나무에 튀튀새 한불 앉었다 흰구름 따러가며 딱장벌레 잡다가 연둣빛 닢새가 좋아 올라왔나보다 밭머리에도 복사꽃 피였다 새악시도 피였다 새악시 복사꽃이다 복사꽃 새악시다 어데서 송아지 매— 하고 운다 골갯논 드렁에서 미나리 밟고 서서 운다 복사나무 아래 가 흙장난하며 놀지 왜 우노 자개밭둑에 엄지 어데 안 가고 누웠다 아룻동리선가 말 웃는 소리 무서운가 아룻동리 망아지 네 소리 무서울라 담모도리 바윗잔등에 다람쥐 해바라기하다 조은다 토끼잠 한잠 자고 나서 세수한다 흰구름 건넌산으로 가는 길에 복사꽃 바라노라 섰다 다람쥐 건넌산 보고 부르는 푸념이 간지럽다

저기는 그늘 그늘 여기는 챙챙—
저기는 그늘 그늘 여기는 챙챙—

Pathway in Monet's Garden at Giverny
1901 - 1902

이두국주가도(伊豆國湊街道)

넷적본의 휘장마차에
어느메 촌중의 새 새악시와도 함께 타고
먼 바닷가의 거리로 간다는데
금귤이 눌한 마을마을을 지나가며
싱싱한 금귤을 먹는 것은 얼마나 즐거운 일인가

Meadow at Bezons
1874

창원도(昌原道) — 남행시초(南行詩抄) 1

솔포기에 숨었다
토끼나 꿩을 놀래주고 싶은 산(山)허리의 길은

엎데서 따스하니 손 녹히고 싶은 길이다

개 더리고 호이호이 희파람 불며
시름 놓고 가고 싶은 길이다

괴나리봇짐 벗고 땃불 놓고 앉어
담배 한 대 피우고 싶은 길이다

승냥이 줄레줄레 달고 가며
덕신덕신 이야기하고 싶은 길이다

더꺼머리 총각은 정든 님 업고 오고 싶을 길이다

Hyde Park, London
c. 1871

통영(統營) — 남행시초(南行詩抄) 2

통영(統營)장 낫대들었다

갓 한 닢 쓰고 건시 한 접 사고 홍공단 단기 한 감 끊고
술 한 병 받어들고

화륜선 만져보려 선창 갔다

오다 가수내 들어가는 주막 앞에
문둥이 품바타령 듣다가

열니레 달이 올라서
나룻배 타고 판데목 지나간다 간다

[서병직(徐丙織) 씨(氏)에게]

The Beach at Sainte-Adresse
1867

고성가도(固城街道) — 남행시초(南行詩抄) 3

고성(固城)장 가는 길
해는 둥둥 높고

개 하나 얼린하지 않는 마을은
해바른 마당귀에 맷방석 하나
빨갛고 노랗고
눈이 시울은 곱기도 한 건반밥
아 진달래 개나리 한창 퓌였구나

가까이 잔치가 있어서
곱디고운 건반밥을 말리우는 마을은
얼마나 즐거운 마을인가

어쩐지 당홍치마 노란저고리 입은 새악시들이
웃고 살을 것만 같은 마을이다

Argenteuil
1872

삼천포(三千浦) — 남행시초(南行詩抄) 4

졸레졸레 도야지새끼들이 간다
귀밑이 재릿재릿하니 볕이 담복 따사로운 거리다

잿더미에 까치 오르고 아이 오르고 아지랑이 오르고

해바라기하기 좋은 볏곡간 마당에
볏짚같이 누우란 사람들이 둘러서서
어늬 눈 오신 날 눈을 츠고 생긴 듯한 말다툼 소리도 누우라니

소는 기르매 지고 조은다

아 모도들 따사로이 가난하니

Green Park in London
1871

북관(北關) ─ 함주시초(咸州詩抄) 1

명태(明太)창난젓에 고추무거리에 막칼질한 무이를 뷔벼
익힌 것을
이 투박한 북관(北關)을 한없이 끼밀고 있노라면
쓸쓸하니 무릎은 꿇어진다

시큼한 배척한 퀴퀴한 이 내음새 속에
나는 가느슥히 여진(女眞)의 살내음새를 맡는다

얼근한 비릿한 구릿한 이 맛 속에선
까마득히 신라(新羅)백성의 향수(鄕愁)도 맛본다

Camille Monet at the Window, Argentuile
1873

노루 — 함주시초(咸州詩抄) 2

장진(長津)땅이 지붕 넘에 넘석하는 거리다
자구나무 같은 것도 있다
기장감주에 기장차떡이 흔한데다
이 거리에 산골사람이 노루새끼를 다리고 왔다

산골사람은 막베등거리 막베잠방등에를 입고
노루새끼를 닮었다
노루새끼 등을 쓸며
터 앞에 당콩순을 다 먹었다 하고
서른닷냥 값을 부른다
노루새끼는 다문다문 흰 점이 백이고 배 안의 털을
너슬너슬 벗고
산골사람을 닮었다

산골사람의 손을 핥으며
약자에 쓴다는 흥정 소리를 듣는 듯이
새까만 눈에 하이얀 것이 가랑가랑한다

The Road to Monte Carlo
1883

고사(古寺) — 함주시초(咸州詩抄) 3

부뚜막이 두 길이다
이 부뚜막에 놓인 사닥다리로 자박수염난 공양주는 성궁미를
지고 오른다

한 말 밥을 한다는 크나큰 솥이
외면하고 가부틀고 앉아서 염주도 세일 만하다

화라지송침이 단채로 들어간다는 아궁지
이 험상궂은 아궁지도 조앙님은 무서운가보다

농마루며 바람벽은 모두들 그느슥히
흰밥과 두부와 튀각과 자반을 생각나 하고

하폄도 남즉하니 불기와 유종들이
묵묵히 팔장 끼고 쭈구리고 앉았다

재 안 드는 밤은 불도 없이 캄캄한 까막나라에서
조앙님은 무서운 이야기나 하면
모두들 죽은 듯이 엎데였다 잠이 들 것이다

[(귀주사(歸州寺) — 함경도(咸鏡道) 함주군(咸州郡)]

184

Water Lilies Red
1914 - 1919

선우사(膳友辭) — 함주시초(咸州詩抄) 4

낡은 나조반에 흰밥도 가재미도 나도 나와 앉아서
쓸쓸한 저녁을 맞는다

흰밥과 가재미와 나는
우리들은 그 무슨 이야기라도 다 할 것 같다
우리들은 서로 미덥고 정답고 그리고 서로 좋구나

우리들은 맑은 물밑 해정한 모래톱에서 하구 긴 날을
모래알만 혜이며 잔뼈가 굵은 탓이다
바람 좋은 한벌판에서 물닭이 소리를 들으며 단이슬
먹고 나이 들은 탓이다
외따른 산골에서 소리개 소리 배우며 다람쥐 동무하고
자라난 탓이다

186

우리들은 모두 욕심이 없어 희여졌다
착하디착해서 세괃은 가시 하나 손아귀 하나 없다
너무나 정갈해서 이렇게 파리했다

우리들은 가난해도 서럽지 않다
우리들은 외로워할 까닭도 없다
그리고 누구 하나 부럽지도 않다

흰밥과 가재미와 나는
우리들이 같이 있으면
세상 같은 건 밖에 나도 좋을 것 같다

Low Tide at Pourville
1882

Jar Of Peaches
1866

산곡 — 함주시초(咸州詩抄) 5

돌각담에 머루송이 깜하니 익고
자갈밭에 아즈까리알이 쏟아지는
잠풍하니 볕바른 골짝이다
나는 이 골짝에서 한겨울을 날려고 집을 한 채 구하였다

집이 몇 집 되지 않는 골안은
모두 터앝에 김장감이 퍼지고
뜨락에 잡곡낟가리가 쌓여서
어니 세월에 뷔일 듯한 집은 뵈이지 않았다
나는 자꾸 골안으로 깊이 들어갔다

골이 다한 산대 밑에 자그마한 돌능와집이 한 채 있어서
이 집 남길동 단 안주인은 겨울이면 집을 내고
산을 돌아 거리로 나려간다는 말을 하는데
해바른 마당에는 꿀벌이 스무나문 통 있었다

낮 기울은 날을 햇볕 장글장글한 툇마루에 걸어앉어서
지난 여름 도락구를 타고 장진(長津)땅에 가서 꿀을 치고 돌아
왔다는 이 벌들을 바라보며 나는

날이 어서 추워져서 쑥국화꽃도 시들고 이 바즈런한 백성들도
다 제 집으로 들은 뒤에 이 골안으로 올 것을 생각하였다

The Artist's House in Argenteuil
1876

Woman with a Parasol in the Garden in Argenteuil
1875

산숙(山宿) — 산중음(山中吟) 1

여인숙(旅人宿)이라도 국숫집이다
모밀가루포대가 그득하니 쌓인 웃간은 들믄들믄 더웁기도 하다
나는 낡은 국수분틀과 그즈런히 나가 누워서
구석에 데굴데굴하는 목침(木枕)들을 베여보며
이 산(山)골에 들어와서 이 목침(木枕)들에 새까마니 때를 올리고
간 사람들을 생각한다
그 사람들의 얼골과 생업(生業)과 마음들을 생각해본다

The Japanese Bridge
1899

향악(饗樂) — 산중음(山中吟) 2

초생달이 귀신불같이 무서운 산(山)골 거리에선
처마 끝에 종이등의 불을 밝히고
쩌락쩌락 떡을 친다
감자떡이다
이젠 캄캄한 밤과 개울물 소리만이다

Spring Flowers
1864

야반(夜半) — 산중음(山中吟) 3

토방에 승냥이 같은 강아지가 앉은 집
부엌으론 무럭무럭 하이얀 김이 난다
자정도 훨신 지났는데
닭을 잡고 모밀국수를 누른다고 한다
어늬 산(山) 옆에선 캥캥 여우가 운다

Landscape at Port-Villez
1883

백화(白樺) — 산중음(山中吟) 4

산골집은 대들보도 기둥도 문살도 자작나무다
밤이면 캥캥 여우가 우는 산(山)도 자작나무다
그 맛있는 모밀국수를 삶는 장작도 자작나무다
그리고 감로(甘露)같이 단샘이 솟는 박우물도 자작나무다
산(山) 너머는 평안도(平安道) 땅도 뵈인다는 이 산(山)골은
온통 자작나무다

Bennecourt
1887

석양(夕陽)

거리는 장날이다
장날 거리에 넝감들이 지나간다
넝감들은
말상을 하였다 범상을 하였다 쪽재피상을 하였다
개발코를 하였다 안장코를 하였다 질병코를 하였다
그 코에 모두 학실을 썼다
돌체돋보기다 대모체돋보기다 로이도돋보기다
넝감들은 유리창 같은 눈을 번득거리며
투박한 북관(北關)말을 떠들어대며
쇠리쇠리한 저녁해 속에
사나운 즘생같이들 사러졌다

The Road to the Farm of Saint-Siméon in Winter
1867

외갓집

내가 언제나 무서운 외갓집은
초저녁이면 안팎마당이 그득하니 하이얀 나비수염을 물은
보득지근한 복쪽재비들이 씨굴씨굴 모여서는 쨩쨩 쨩쨩 쇗
스럽게 울어대고
밤이면 무엇이 기왓골에 무릿돌을 던지고 뒤울안 배나무에
쩨듯하니 줄등을 헤여달고 부뚜막의 큰솥 적은솥을 모주리
뽑아놓고 재통에 간 사람의 목덜미를 그냥그냥 나려눌러선
잿다리 아래로 처박고
그리고 새벽녘이면 고방 시렁에 채국채국 얹어둔 모랭이
목판 시루며 함지가 땅바닥에 넘너른히 널리는 집이다

Boats at Zaandam
1871

가무래기의 낙(樂)

가무락조개 난 뒷간거리에
빚을 얻으려 나는 왔다
빚이 안 되어 가는 탓에
가무래기도 나도 모도 춥다
추운 거리의 그도 추운 능당 쪽을 걸어가며
내 마음은 우쭐댄다 그 무슨 기쁨에 우쭐댄다
이 추운 세상의 한구석에
맑고 가난한 친구가 하나 있어서
내가 이렇게 추운 거리를 지나온 걸
얼마나 기뻐하며 락단하고
그즈런히 손깍지벼개하고 누워서
이 못된 놈의 세상을 크게 크게 욕할 것이다

The Old Rue de la Chaussee, Argenteuil
1872

멧새 소리

처마 끝에 명태(明太)를 말린다
명태(明太)는 꽁꽁 얼었다
명태(明太)는 길다랗고 파리한 물고긴데
꼬리에 길다란 고드름이 달렸다
해는 저물고 날은 다 가고 볕은 서러웁게 차갑다
나도 길다랗고 파리한 명태(明太)다
문(門)턱에 꽁꽁 얼어서
가슴에 길다란 고드름이 달렸다

Rough Sea at Etretat
1868 - 1869

박각시 오는 저녁

당콩밥에 가지냉국의 저녁을 먹고 나서
바가지꽃 하이얀 지붕에 박각시 주락시 붕붕 날아오면
집은 안팎 문을 횅하니 열젖기고
인간들은 모두 뒷등성으로 올라 멍석자리를 하고 바람을
쐬이는데
풀밭에는 어느새 하이얀 대림질감들이 한불 널리고
돌우래며 팟중이 산 옆이 들썩하니 울어댄다
이리하여 한울에 별이 잔콩 마당 같고
강낭밭에 이슬이 비 오듯 하는 밤이 된다

Sunset on the Siene
1874

넘언집 범 같은 노큰마니

황토 마루 수무나무에 얼럭궁덜럭궁 색동헝겊 뜯개조박 뵈
짜배기 길리고 오생이 끼애리 달리고 소 삼은 엄신 같은 딥
세기도 열린 국수당고개를 몇 번이고 튀튀 춤을 뱉고 넘어
가면 골안에 아늑히 묵은 녕동이 무겁기도 할 집이 한 채 안
기었는데

집에는 언제나 센개 같은 게사니가 벅작궁 고아내고 말 같
은 개들이 떠들썩 짖어대고 그리고 소거름 내음새 구수한
속에 엇송아지 히물쩍 너들씨는데

집에는 아배에 삼촌에 오마니에 오마니가 있어서 젖먹이
를 마을 청능 그늘 밑에 삿갓을 씌워 한종일내 뉘어두고 김
을 매려 단녔고 아이들이 큰마누래에 작은마누래에 제구실
을 할 때면 종아지물본도 모르고 행길에 아이 송장이 거적
뙈기에 말려나가면 속으로 얼마나 부러워하였고 그리고 끼
때에는 부뚜막에 바가지를 아이덜 수대로 주룬히 늘어놓고
밥 한 덩이 질게 한 술 들여트려서는 먹었다는 소리를 언제
나 두고두고 하는데

일가들이 모두 범같이 무서워하는 이 노큰마니는 구덕살이 같이 욱실욱실하는 손자 증손자를 방구석에 들매나무 회채리를 단으로 쩌다두고 따리고 싸리갱이에 갓진창을 매여놓고 따리는데

내가 엄매 등에 업혀가서 상사말같이 항약에 야기를 쓰면 한창 퓌는 함박꽃을 밑가지채 꺾어주고 종대에 달린 제물배도 가지채 쩌주고 그리고 그 애끼는 게사니알도 두 손에 쥐어주곤 하는데

우리 엄매가 나를 가지는 때 이 노큰마니는 어늬 밤 크나큰 범이 한 마리 우리 선산으로 들어오는 꿈을 꾼 것을 우리 엄매가 서울서 시집을 온 것을 그리고 무엇보다도 내가 이 노큰마니의 당조카의 맏손자로 난 것을 다견하니 알뜰하니 기꺼이 녀기는 것이었다

Camille Monet and a Child in the Artist's Garden in Argenteuil
1875

Jean Monet on a Mechanical Horse
1872

안동(安東)

이방(異邦) 거리는
비 오듯 안개가 나리는 속에
안개 같은 비가 나리는 속에

이방(異邦) 거리는
콩기름 쫄이는 내음새 속에
섶누에 번디 삶는 내음새 속에

이방(異邦) 거리는
도끼날 벼르는 돌물레 소리 속에
되광대 켜는 되양금 소리 속에

손톱을 시펄하니 길우고 기나긴 창꽈쯔를 즐즐 끌고 싶었다
만두(饅頭)꼬깔을 눌러쓰고 곰방대를 물고 가고 싶었다
이왕이면 향(香)내 높은 취향리(梨) 돌배 움퍽움퍽 씹으며 머
리채 츠렁츠렁 발굽을 차는 꾸냥과 가즈런히 쌍마차(雙馬車)
몰아가고 싶었다

Arriving at Montegeron
1876

함남도안(咸南道安)

고원선(高原線) 종점(終點)인 이 적은 정차장(停車場)엔
그렇게도 우쭐대며 달가불시며 뛰어오던 뽕뽕차(車)가
가이없이 쓸쓸하니도 우두머니 서 있다

해빛이 초롱불같이 희맑은데
해정한 모래부리 플랫폼에선
모두들 쩔쩔 끓는 구수한 귀이리차(茶)를 마신다

칠성(七星)고기라는 고기의 쩜벙쩜벙 뛰노는 소리가
쨋쨋하니 들려오는 호수(湖水)까지는
들쭉이 한불 새까마니 익어가는 망연한 벌판을 지나가야 한다

The Train in the Country
c.1870 - c.1871

구장로(球場路) — 서행시초(西行詩抄) 1

삼리(三里)밖 강(江)쟁변엔 자갯돌에서
미밀이한 옷을 부숭부숭 말려 입고 오는 길인데
산(山)모롱고지 하나 도는 동안에 옷은 또 함북 젖었다

한 이십리(二十里) 가면 거리라든데
한것 남아 걸어도 거리는 뵈이지 않는다
나는 어니 외진 산(山)길에서 만난 새악시가 곱기도 하든 것과
어니메 강(江)물 속에 들여다뵈이든 쏘가리가 한 자나 되게 크든
것을 생각하며
산(山)비에 젖었다는 말렀다 하며 오는 길이다

이젠 배도 출출히 고팠는데
어서 그 옹기장사가 온다는 거리로 들어가면 무엇보다도 몬저
'주류판매업(酒類販賣業)'이라고 써붙인 집으로 들어가자

그 뜨수한 구들에서
따끈한 삼십오도(三十五度) 소주(燒酒)나 한잔 마시고
그리고 그 시래깃국에 소피를 넣고 두부를 두고 끓인 구수한 술
국을 트근히 몇 사발이고 왕사발로 몇 사발이고 먹자

The Boulevard Heloise in Argenteuil
1872

북신(北新) — 서행시초(西行詩抄) 2

거리에서는 모밀내가 났다
부처를 위하는 정갈한 노친네의 내음새 같은 모밀내가 났다

어쩐지 향산(香山) 부처님이 가까웁다는 거린데
국숫집에서는 농짝 같은 도야지를 잡어걸고 국수에 치는 도야
지고기는 돗바늘 같은 털이 드문드문 백였다
나는 이 털도 안 뽑은 도야지고기를 물꾸러미 바라보며
또 털도 안 뽑는 고기를 시끼면 맨모밀국수에 얹어서 한입에
꿀꺽 삼키는 사람들을 바라보며
나는 문득 가슴에 뜨끈한 것을 느끼며
소수림왕(小獸林王)을 생각한다 광개토대왕(廣開土大王)을
생각한다

The Grenouillère
1869

팔원(八院) — 서행시초(西行詩抄) 3

차디찬 아침인데

묘향산행(妙香山行) 승합자동차(乘合自動車)는 텅하니 비어서

나이 어린 계집아이 하나가 오른다

옛말속같이 진진초록 새 저고리를 입고

손잔등이 밭고랑처럼 몹시도 터졌다

계집아이는 자성(慈城)으로 간다고 하는데

자성(慈城)은 예서 삼백오십리(三百五十里) 묘향산(妙香山)

백오십리(百五十里)

묘향산(妙香山) 어디메서 삼촌이 산다고 한다

쌔하얗게 얼은 자동차(自動車) 유리창 밖에

내지인(內地人) 주재소장(駐在所長) 같은 어른과 어린아이 둘이

내임을 낸다

계집아이는 운다 느끼며 운다

텅 비인 차(車) 안 한구석에서 어느 한 사람도 눈을 씻는다

계집아이는 몇 해고 내지인(內地人) 주재소장(駐在所長) 집에서

밥을 짓고 걸레를 치고 아이보개를 하면서

이렇게 추운 아침에도 손이 꽁꽁 얼어서

찬물에 걸레를 쳤을 것이다

The Magpie
1869

월림(月林)장 — 서행시초(西行詩抄) 4

'자시동북팔십천희천(自是東北八〇粁熙川)'의 푯(標)말이 선 곳
돌능와집에 소달구지에 싸리신에 옛날이 사는 장거리에
어니 근방 산천(山川)에서 덜거기 꺽꺽 검방지게 운다

초아흐레 장판에
산 멧도야지 너구리가죽 튀튀새 났다
또 가얌에 귀이리에 도토리묵 도토리범벅도 났다

나는 주먹다시 같은 떡당이에 꿀보다도 달다는 강낭엿을 산다
그리고 물이라도 들 듯이 샛노랗디샛노란 산(山)골 마가을 별에
눈이 시울도록 샛노랗디샛노란 햇기장 쌀을 주무르며
기장쌀은 기장차떡이 좋고 기장차랍이 좋고 기장감주가 좋고
그리고 기장쌀로 쑨 호박죽은 맛도 있는 것을 생각하며 나는
기쁘다

Zaandam
1871

수박씨, 호박씨

어진 사람이 많은 나라에 와서
어진 사람의 좃을 어진 사람의 마음을 배워서
수박씨 닦은 것을 호박씨 닦은 것을 입으로 앞니빨로 밝는다

수박씨 호박씨를 입에 넣는 마음은
참으로 철없고 어리석고 게으른 마음이나
이것은 또 참으로 밝고 그윽하고 깊고 무거운 마음이라
이 마음 안에 아득하니 오랜 세월이 아득하니 오랜 지혜가 또 아득하니
오랜 인정(人情)이 깃들인 것이다
태산(泰山)의 구름도 황하(黃河)의 물도 옛님군의 땅과 나무의 덕도 이
마음 안에 아득하니 뵈이는 것이다

이 적고 가부엽고 갤족한 희고 까만 씨가
조용하니 또 도고하니 손에서 입으로 입에서 손으로 오르나리는 때
벌에 우는 새소리도 듣고 싶고 거문고도 한 곡조 뜯고 싶고 한 오천
(五千)말 남기고 함곡관(函谷關)도 넘어가고 싶고

기쁨이 마음에 뜨는 때는 희고 까만 씨를 앞니로 까서 잔나비가 되고
근심이 마음에 앉는 때는 희고 까만 씨를 혀끝에 물어 까막까치가 되고

어진 사람이 많은 나라에서는
오두미(五斗米)를 버리고 버드나무 아래로 돌아온 사람도
그 녚차개에 수박씨 닦은 것은 호박씨 닦은 것은 있었을 것이다
나물 먹고 물 마시고 팔벼개하고 누웠든 사람도
그 머리맡에 수박씨 닦은 것은 호박씨 닦은 것은 있었을 것이다

Landscape near Montecarlo
1883

The Artist's Family in the Garden
1875

산(山)

머리 빗기가 싫다면
니가 들구 나서
머리채를 끄을구 오른다는
산(山)이 있었다

산(山) 너머는
겨드랑이에 짖이 돋아서 장수가 된다는
더꺼머리 총각들이 살아서
색시 처녀들을 잘도 업어간다고 했다
산(山)마루에 서면
멀리 언제나 늘 그물그물
그늘만 친 건넌산(山)에서
벼락을 맞아 바윗돌이 되었다는
큰 땅괭이 한 마리
수염을 뻗치고 건너다보는 것이 무서웠다

그래도 그 쉬영꽃 진달래 빨가니 핀 꽃바위 너머
산(山) 잔등에는 가지취 뻐꾹채 게루기 고사리 산(山)나물판
산(山)나물 냄새 물씬물씬 나는데
나는 복장노루를 따라 뛰었다

Park Monceau
1878

북방(北方)에서 — 정현웅(鄭玄雄)에게

아득한 넷날에 나는 떠났다
부여(扶餘)를 숙신(肅愼)을 발해(渤海)를 여진(女眞)을
요(遼)를 금(金)을
흥안령(興安嶺)을 음산(陰山)을 아무우르를 숭가리를
범과 사슴과 너구리를 배반하고
송어와 메기와 개구리를 속이고 나는 떠났다

나는 그때
자작나무와 이깔나무의 슬퍼하든 것을 기억한다
갈대와 장풍의 붙드든 말도 잊지 않었다
오로촌이 멧돌을 잡어 나를 잔치해 보내든 것도
쏠론이 십릿길을 따러나와 울든 것도 잊지 않었다

나는 그때
아모 이기지 못할 슬픔도 시름도 없이
다만 게을리 먼 앞대로 떠나 나왔다
그리하여 따사한 햇귀에서 하이얀 옷을 입고 매끄러운 밥을
먹고 단샘을 마시고 낮잠을 잤다
밤에는 먼 개소리에 놀라나고
아츰에는 지나가는 사람마다에게 절을 하면서도
나는 나의 부끄러움을 알지 못했다

그 동안 돌비는 깨어지고 많은 은금보화는 땅에 묻히고 가마귀도
긴 족보를 이루었는데
이리하야 또 한 아득한 새 녯날이 비롯하는 때
이제는 참으로 이기지 못할 슬픔과 시름에 쫓겨
나는 나의 녯 한울로 땅으로 — 나의 태반(胎盤)으로 돌아왔으나

이미 해는 늙고 달은 파리하고 바람은 미치고 보래구름만 혼자 넋
없이 떠도는데

아, 나의 조상은 형제는 일가친척은 정다운 이웃은 그리운 것은 사
랑하는 것은 우러르는 것은 나의 자랑은 나의 힘은 없다 바람과 물
과 세월과 같이 지나가고 없다

Rouen Cathedral at Sunset
1894

Rouen Cathedral, Symphony in Grey and Rose
1894

허준(許俊)

그 맑고 거룩한 눈물의 나라에서 온 사람이여
그 따사하고 살틀한 볕살의 나라에서 온 사람이여

눈물의 또 볕살의 나라에서 당신은
이 세상에 나들이를 온 것이다
쓸쓸한 나들이를 단기려 온 것이다

눈물의 또 볕살의 나라 사람이여
당신이 그 긴 허리를 굽히고 뒤짐을 지고 지치운 다리로
싸움과 흥정으로 왁자지껄하는 거리를 지날 때든가
추운 겨울밤 병들어 누운 가난한 동무의 머리맡에 앉어
말없이 무릎 우 어린 고양이의 등만 쓰다듬는 때든가
당신의 그 고요한 가슴 안에 온순한 눈가에
당신네 나라의 맑은 한울이 떠오를 것이고
당신의 그 푸른 이마에 삐여진 어깻죽지에
당신네 나라의 따사한 바람결이 스치고 갈 것이다

높은 산도 높은 꼭다기에 있는 듯한
아니면 깊은 물도 깊은 밑바닥에 있는 듯한 당신네 나라의
하늘은 얼마나 맑고 높을 것인가
바람은 얼마나 따사하고 향기로울 것인가

그리고 이 하늘 아래 바람결 속에 퍼진
그 풍속은 인정은 그리고 그 말은 얼마나 좋고 아름다울 것
인가

다만 한 사람 목이 긴 시인(詩人)은 안다
'도스토이엡흐스키'며 '죠이쓰'며 누구보다도 잘 알고 일등
가는 소설도 쓰지만
아모것도 모르는 듯이 어드근한 방안에 굴어 게으르는 것
을 좋아하는 그 풍속을
사랑하는 어린것에게 엿 한 가락을 아끼고 위하는 안해에
겐 해진 옷을 입히면서도
마음이 가난한 낯설은 사람에게 수백냥 돈을 거저 주는 그
인정을 그리고 또 그 말을
사람은 모든 것을 다 잃어버리고 넋 하나를 얻는다는 크나
큰 그 말을

그 멀은 눈물의 또 볕살의 나라에서
이 세상에 나들이를 온 사람이여
이 목이 긴 시인(詩人)이 또 게사니처럼 떠곤다고
당신은 쓸쓸히 웃으며 바독판을 당기는구려

Water Lilies
1914 - 1917

Houses of Parliament
1904

조당(澡塘)에서

나는 지나(支那)나라 사람들과 같이 목욕을 한다
무슨 은(殷)이며 상(商)이며 월(越)이며 하는 나라 사람들의 후손들과 같이
한물통 안에 들어 목욕을 한다
서로 나라가 다른 사람인데
다들 쪽 발가벗고 같이 물에 몸을 녹히고 있는 것은
대대로 조상도 서로 모르고 말도 제가끔 틀리고 먹고 입는 것도 모도 다른데
이렇게 발가들 벗고 한물에 몸을 씻는 것은
생각하면 쓸쓸한 일이다
이 딴 나라 사람들이 모두 니마들이 번번하니 넓고 눈은 컴컴하니 흐리고
그리고 길쯧한 다리에 모두 민숭민숭하니 다리털이 없는 것이
이것이 나는 왜 자꼬 슬퍼지는 것일까
그런데 저기 나무판장에 반쯤 나가 누워서
나주볕을 한없이 바라보며 혼자 무엇을 즐기는 듯한 목이 긴 사람은
도연명(陶淵明)은 저러한 사람이었을 것이고
또 여기 더운물에 뛰어들며
무슨 물새처럼 악악 소리를 질으는 삐삐 파리한 사람은
양자(楊子)라는 사람은 아모래도 이와 같았을 것만 같다

나는 시방 녯날 진(晉)이라는 나라나 위(衛)라는 나라에 와서
내가 좋아하는 사람들을 만나는 것만 같다
이리하야 어쩐지 내 마음은 갑자기 반가워지나
그러나 나는 조금 무서웁고 외로워진다
그런데 참으로 그 은(殷)이며 상(商)이며 월(越)이며 위(衛)며 진(晉)이
며 하는 나라 사람들의 이 후손들은
얼마나 마음이 한가하고 게으른가
더운물에 몸을 불키거나 때를 밀거나 하는 것도 잊어버리고
제 배꼽을 들여다보거나 남의 낯을 쳐다보거나 하는 것인데
이러면서 그 무슨 제비의 춤이라는 연소탕(燕巢湯)이 맛도 있는 것과
또 어늬바루 새악시가 곱기도 한 것 같은 것을 생각하는 것일 것인데
나는 이렇게 한가하고 게으르고 그러면서 목숨이라든가 인생(人生)
이라든가 하는 것을 정말 사랑할 줄 아는
그 오래고 깊은 마음들이 참으로 좋고 우러러진다
그러나 나라가 서로 다른 사람들이
글쎄 어린 아이들도 아닌데 쪽 발가벗고 있는 것은
어쩐지 조금 우수웁기도 하다

Garden at Sainte-Adress
186

The Mannerport near Etretat
1886

마을은 맨천 구신이 돼서

나는 이 마을에 태어나기가 잘못이다
마을은 맨천 구신이 돼서
나는 무서워 오력을 펼 수 없다
사 방안에는 성주님
나는 성주님이 무서워 토방으로 나오면 토방에는 디운구신
나는 무서워 부엌으로 들어가면 부엌에는 부뜨막에 조앙님

나는 뛰처나와 얼른 고방으로 숨어버리면 고방에는 또 시렁에 데석님
나는 이번에는 굴통 모통이로 달아가는데 굴통에는 굴대장군
얼혼이 나서 뒤울안으로 가면 뒤울안에는 곱새녕 아래 털능구신
나는 이제는 할 수 없이 대문을 열고 나가려는데 대문간에는 근력 세인
수문장

나는 겨우 대문을 삐처나 바깥으로 나와서
밭 마당귀 연자간 앞을 지나가는데 연자간에는 또 연자망구신
나는 고만 디겁을 하여 큰 행길로 나서서 마음 놓고 화리서리 걸어가다
보니
아아 말 마라 내 발뒤축에는 오나가나 묻어 다니는 달갈구신
마을은 온데간데 구신이 돼서 나는 아무 데도 갈 수 없다

Train in the Snow or The Locomotive
1875

개

접시 귀에 소기름이나 소뿔능잔에 아즈까리 기름을 켜는
마을에서는 겨울밤 개 짖는 소리가 반가웁다

이 무서운 밤을 아래 웃방성 마을 돌아다니는 사람은 있어
개는 짖는다

낮배 어니메 치코에 꿩이라도 걸려서 산(山) 너머 국숫집에
국수를 받으려 가는 사람이 있어도 개는 짖는다

김치가재미선 동치미가 유별히 맛나게 익는 밤

아배가 밤참 국수를 받으려 가면 나는 큰마니의 돋보기를
쓰고 앉어 개 짖는 소리를 들은 것이다

Head of the Dog
1882

나와 지렁이

내 지렁이는
커서 구렁이가 되었습니다
천 년 동안만 밤마다 흙에 물을 주면 그 흙이 지렁이가 되었습니다
장마 지면 비와 같이 하늘에서 나려왔습니다
뒤에 붕어와 농다리의 미끼가 되었습니다
내 리과책에서는 암컷과 수컷이 있어서 새끼를 낳았습니다
지렁이의 눈이 보고 싶습니다
지렁이의 밥과 집이 부럽습니다

Morning on the Seine
1897

머리카락

큰마니야 네머리카락 엄매야 네머리카락 삼촌엄매야 네
머리카락
머리 빗고 빗덥에서 꽁지는 머리카락
큰마니야 엄매야 삼촌엄매야
머리카락을 텅납새에 끼우는 것은
큰마니머리카락은 아룻간 텅납새에 엄매머리카락은 웃칸
텅납새에 삼촌엄매머리카락도 웃칸 텅납새에 텅납새에
끼우는 것은
큰마니야 엄매야 삼촌엄매야
일은 봄철 삼넘어 먼데 해변에서 가무래기 오면
한가무래기 검가무래기 가무래기 사서 하리볼에 구어먹
잔 말이로구나
큰마니야 엄매야 삼촌엄매야
머리카락을 텅납새에 끼우는 것은
구시월 황하두서 황하당세 오면
막대심에 가는 세침 바늘이며 추월옥색 꼭두손이 연분홍
물감도 사잔 말이로구나

252

Portrait of Madame Gaudibert
1868

적막강산

오이밭에 벌배채 통이 지는 때는
산에 오면 산 소리
벌로 오면 벌 소리

산에 오면
큰솔밭에 뻐꾸기 소리
잔솔밭에 덜거기 소리

벌로 오면
논두렁에 물닭의 소리
갈밭에 갈새 소리

산으로 오면 산이 들썩 산 소리 속에 나 홀로
벌로 오면 벌이 들썩 벌 소리 속에 나 홀로

정주(定州) 동림(東林) 구십(九十)여 리(里) 긴긴 하로 길에
산에 오면 산 소리 벌에 오면 벌 소리
적막강산에 나는 있노라

Spring
1875

백석

白石. 1912~1996. 시인이자 소설가이
며 번역문학작가이자 문학평론가로 활
동했다. 1912년 평안북도 정주에서 출
생. 1924년 오산소학교를 졸업하고 오
산학교(오신고등보통학교)에 입학했
다. 재학 중일 때 조만식, 홍명희가 교
장으로 부임한 적이 있고, 6년 선배인
김소월을 동경하면서 시인의 꿈을 키
웠다. 1929년, 오산고보를 졸업한 후,
1930년, 『조선일보』 신년현상문에
단편소설 「그 모(母)와 아들」이 당선되었고, 조선일보사가 후
원하는 춘해장학회의 장학생으로 선발되어 일본 도쿄의 아오
야마 학원 영어사범과에 입학했다. 유학 중 일본 시인 이시카
와 다쿠보쿠[石川啄木]의 시를 즐겨 읽었고, 모더니즘 운동에
관심을 가졌다. 1934년, 졸업 후 귀국하여 조선일보사에 입사
하면서 서울생활을 시작했으며 허준, 신현중 등과 자주 어울
렸다. 1935년, 『조광』 창간에 참여했고, 같은 해 8월 30일 『조
선일보』에 시 「정주성(定州城)」을 발표하면서 등단하게 되었
고 이어 「주막」, 「여우난골족」 등의 시를 발표했다.

  1936년, 시집 『사슴』을 선광인쇄주식회사에서 한정판으로
간행했다. 이 해에 조선일보사를 그만두고 함경남도 함흥 영
생고보의 영어교사로 부임했다. 함흥에서 소설가 한설야, 시
인 김동명을 만났고, 기생 김진향을 만나 사랑에 빠지고 '자야'

라는 이름을 지어주었다. 「고야」, 「통영」, 「남행시초(연작)」 등을 발표했다. 1937년, 소설가 최정희, 시인 노천명, 모윤숙 등과 자주 어울렸으며, 「함주시초」, 「바다」 등을 발표했다. 1938년 함경도 성천강 상류 산간지역을 여행했고, 함흥의 교원직을 그만두고 경성으로 돌아왔다. 「산중음(연작)」, 「석양」, 「고향」, 「절망」, 「나와 나타샤와 흰당나귀」, 「물닭의 소리(연작)」 등 22편의 시를 발표했다. 1939년, 자야와 동거하면서 『여성』지 편집주간 일을 하다가 사직하고 고향인 평북 지역을 여행했다. 1940년, 만주의 신경[神京, 지금의 장춘(長春)]으로 가서 3월부터 만주국 국무원 경제부의 말단 직원으로 근무하다가 창씨개명의 압박이 계속되자 6개월만에 그만두었다. 6월부터 만주 체험이 담긴 시들을 발표하기 시작했고, 10월 중순 자신이 번역한 토마스 하디의 장편소설 『테스』의 출간을 앞두고 교정을 보러 경성에 다녀갔다. 「목구」, 「수박씨, 호박씨」, 「북방에서」, 「허준」 등의 시를 발표했다. 1941년, 「귀농」, 「국수」, 「흰바람벽이 있어」 등을 발표했다. 1942년, 만주의 안동[安東] 세관에서 일했다. 1945년, 해방이 되자 신의주를 거쳐 고향인 정주로 돌아왔다. 10월에 조만식을 따라 소설가 최명익, 극작가 오영진 등과 '김일성 장군 환영회'에 참석해 러시아어 통역을 맡았다. 1946년, 북조선예술총동맹이 결성되었으나 처음에는 참여하지 않았다가 1947년, 문학예술총동맹 외국문학 분과위원이 되었다. 이때부터 러시아 문학을 번역하는 일에 매진했다. 허준이 백석이 해방 전에 쓴 시 「적막강산」, 「마을은 맨천 구신이 돼서」등을 보관하고 있다가 1947년 말부터 1948년 가을에 걸쳐 서울의 잡지에 실었다. 1948년,『학풍』창간호에 「남신의주 유동 박시봉방」을 발표했다. 남쪽 잡지에 마지막으로 발표한 시였다. 1949년, 솔로호프의『고요한 돈강』등을 번역하는 작업에 몰두했다. 1953년, 전국작가예술가대회 이후 외국문학 분과원으로 이름을 올리고 번역에 집중했다. 1956년, 동화시 「까치와 물까치」, 「집게네 네 형제」를 발표했고, 「동화문학의 발전을 위하여」, 「나의 항의, 나의 제의」등의 산문을 발표했다. 10월에 열린 제2차 조선작가대회 이후 조선작가동맹 기관지『문학신문』의 편집위원으로 위촉되었고『아동문학』과『조쏘문화』편집위원을 맡으며 안정적인 창작활동의 기틀을 마련했다. 1957년, 동화시집『집게네 네 형제』를 정현웅의 삽화를 넣어 간행했고, 동시 「멧돼지」, 「강가루」, 「기린」, 「산양」을 발표한 뒤 격렬한 비판을 받았다. 6월에 「큰 문제, 작은 고찰」과 「아동문학의 협소화를 반대하는 위치에서」를 발표하면서 아동문학 논쟁이 본격화되었고, 9월 아동문학토론회에서 자아비판을 했다. 1958년, 시 「제3인공위성」을 발표했고, 9월의 '붉은 편지 사건' 이후 창작과 번역 등 문학적 활동이 대부분 중단되었다. 1959년, 양강도 삼수군 관평리에 있는 국영협동조합으로 내려가 축산반에서 양을 치는 일을 맡았다. 삼수군 문화회관에서 청소년들에게 시 창작을 지도하면서 농촌체험을 담은 시 「이른 봄」, 「공무여인숙」, 「갓나물」등의 시를 발표했다. 1960년 1월, 평양의『문학신문』주최 '현지 파견 작가 좌담회'에 참석했고, 시 「눈」, 「전별」등과 동시 「오리들이 운다」, 「앞산 꿩, 뒷산 꿩」등을 발표했다. 1961년, 「탑이 서는 거리」, 「손벽을 침은」등의 시를 발표했다. 1962년, 시 「조국의 바다여」, 「나루터」 등을 마지막으로 발표했다. 10월 북한 문화계에 복고주의에 대한 비판이 거세게 일어나면서 창작활동을 일절 하지 못하게 되었다. 1996년 삼수군 관평리에서 사망했다.

백석은 소월과 만해, 지용이 다져놓은 현대시의 기틀 위에서 새로운 시의 문법을 세움으로써 한국 시의 영역을 넓히는 데 기여한 시인이다. 평안 방언을 비롯한 여러 지역의 언어들을 시어로 끌어들이고 고어와 토착어를 빈번하게 사용함으로써 시어의 영역을 넓히고 모국어를 확장시켰다. 또한 우리말의 구문이 품고 있는 의미 자질을 적절히 활용하여 경험세계를 감각적으로 재현했다. 시각 외에 청각과 후각, 촉각, 미각 등 거의 모든 감각을 사용하여 대상을 감각적으로 포착하고 표현해냈다.

그의 문학을 관통하는 키워드는 '고향'이다. 백석의 시에서 그려지는 고향은 물질적으로 풍요롭진 않지만 안식과 평화로움의 정신적 가치가 있는 일종의 신화적 공간이며 공동체적 유대가 남아 있는 공간이다. 하지만 그 고향은 현실에서는 이미 훼손되어 남아 있지 않는 과거의 공간이다. 고향의 음식, 풍물, 세시풍속, 생활도구, 전통예절을 잡다하게 나열하면서 깊은 관심과 애정을 보이는 것은 훼손된 고향의 회복을 원하는 간절한 의지이며, 이것은 나아가 민족 공동체의 회복을 소망하는 것으로 해석할 수도 있다.

클로드 모네

Oscar-Claude Monet. 1840~1926.
프랑스의 화가. 파리 출생. 소년 시
절을 르아브르에서 보냈으며, 18세
때 그곳에서 화가 로댕을 만나, 외
광(外光) 묘사에 대한 초보적인 화
법을 배웠다. 19세 때 파리로 가서
아카데미 스위스에 들어가, 카미유
피사로와 어울렸다. 1862년부터는
전통주의 화가 샤를 글레르 밑에서
쿠르베나 마네의 영향을 받아 인물화를 그렸지만 2년 후 화실
이 문을 닫게 되자, 친구 프리데리크 바지유와 함께 인상주의
의 고향이라 불리는 노르망디 옹플뢰르에 머물며 자연을 주제
로 한 인상주의 화풍을 갖춰나갔다.

1874년 파리로 돌아온 모네는 바지유와 함께 작업실을 마련
하여, '화가·조각가·판화가·무명예술가 협회전'을 개최하
고 여기에 12점의 작품을 출품하여 호평을 받았다. 출품된 작
품 중 〈인상·일출(soleil levant Impression)〉이라는 작품의
제목에서, '인상파'라는 이름이 모네를 중심으로 한 화가집단
에 붙여졌다. 이후 1886년까지 8회 계속된 인상파전에 5회에
걸쳐 많은 작품을 출품하여 대표적 지도자로 위치를 굳혔다.

한편 1878년에는 센 강변의 베퇴유, 1883년에는 지베르니로
주거를 옮겨 작품을 제작했고, 만년에는 저택 내 넓은 연못에
떠 있는 연꽃을 그리는 데 몰두했다. 작품은 외광(外光)을 받

은 자연의 표정을 따라 밝은색을 효과적으로 구사하고, 팔레트 위에서 물감을 섞지 않는 대신 '색조의 분할'이나 '원색의 병치(倂置)'를 이행하는 등, 인상파 기법의 한 전형을 개척했다. 자연을 감싼 미묘한 대기의 뉘앙스나 빛을 받고 변화하는 풍경의 순간적 양상을 그려내려는 그의 의도는 〈루앙대성당〉 〈수련(睡蓮)〉 등에서 보듯이 동일주제를 아침, 낮, 저녁으로 시간에 따라 연작한 태도에서도 충분히 엿볼 수 있다. 이 밖에 〈소풍〉〈강〉 등의 작품도 널리 알려져 있다.

모네가 아르장퇴유에서 보낸 시간은 그의 예술적 탐구와 혁신의 중요한 기간이다. 르누아르, 시슬리, 마네와 같은 동료 인상파와 함께 그는 인상파 운동을 정의하는 기술과 원칙을 개발하고 개선했는데, 그들은 대담한 붓놀림, 생생한 색채의 사용을 강조하고 장면의 순간적인 감각과 인상을 포착하는 데 중점을 두어 덧없는 자연의 특성을 묘사하고자 했다. 당시에 그린 그림은 현대 생활의 본질과 변화하는 인식의 본질을 포착했으며, 그의 작품은 여유로운 보트 파티, 분주한 기차역, 자연과 인공 환경의 조화를 묘사했다. 이 시기의 주목할 만한 작품으로는 〈풀밭 위의 점심〉〈아르장퇴유의 다리〉〈아르장퇴유의 보트〉 등이 있다.

모네는 재정적 어려움과 개인적인 어려움으로 결국 아르장퇴유를 떠났지만 마을에서 보낸 시간은 그의 예술적 발전에 지울 수 없는 흔적을 남겼다. 아르장퇴유에서 연마한 일상 생활의 생생한 묘사와 빛과 색상의 탐구는 이후 그의 상징적인 작품의 토대를 마련하여 그의 예술적 여정에서 중요한 챕터가 되었다.

지베르니에서 보낸 시간도 그의 삶과 예술 경력에서 특별한 의미를 지닌다. 1883년 모네는 파리에서 북서쪽으로 약 50마일 떨어진 노르망디의 그림 같은 시골에 위치한 지베르니 마을로 이사했다. 그는 넓은 정원이 있는 집을 임대했고 시간이 지남에 따라 그것을 개인적인 낙원이자 끝없는 영감의 원천으로 탈바꿈시켰다.

지베르니는 모네의 안식처이자, 자연에 몰입하고 예술적 비전을 키울 수 있는 곳이 되었다. 다양한 꽃과 식물, 일본식 수중 정원으로 가득한 아름다운 정원은 그의 가장 유명한 작품의 주제가 되었다. 상징적인 수련, 일본식 다리, 물에 반사된 물이 모네의 마음을 사로잡았고 그는 이러한 장면에 대한 다양한 해석을 끊임없이 그렸다.

끊임없이 변화하는 빛, 색상 및 분위기의 효과를 포착하려는 모네의 집착은 지베르니에서 새로운 정점에 도달했다. 1890년대 후반부터 사망할 때까지 작업한 그의 유명한 시리즈인 수련은 연못과 주변 초목의 미묘한 아름다움을 묘사했다. 대담한 붓놀림과 조화로운 색상 팔레트가 돋보이는 이 대형 그림은 보는 사람을 꿈 같은 평온의 세계로 안내한다.

정원 외에도 모네는 지베르니를 둘러싼 시골 풍경에서도 영감을 얻었다. 그는 초원, 건초 더미, 양귀비 밭의 수많은 장면을 그렸고, 특유의 느슨한 붓놀림을 사용하고 덧없는 자연의 특성을 포착했다.

모네의 명성이 높아짐에 따라 지베르니를 찾는 방문객도 늘어났다. 팬들은 그러한 놀라운 작품에 영감을 준 정원을 보기 위해 몰려들었다. 모네의 집과 정원은 예술과 자연의 조화로운 융합을 만들기 위해 신중하게 공간을 큐레이팅하면서 결국 그의 예술적 감성을 반영하게 되었다.

클로드 모네는 1926년 12월 5일 사망할 때까지 지베르니에 거주했다. 그의 유산은 그의 예술과 그의 집과 정원 보존을 통해 계속 이어지고 있다. 지베르니는 역사상 가장 위대한 인상파 화가 중 한 명에게 영감을 준 매혹적인 세계를 경험하고자 하는 예술 애호가를 위한 순례지로 남아 있다.

열두 개의 달 시화집 스페셜

백석과 모네

초판 1쇄 인쇄 2024년 9월 20일
초판 1쇄 발행 2024년 9월 30일

지 은 이   백석
그 린 이   클로드 모네
발 행 인   정수동
편 집 주 간   이남경
편   집   김유진
디 자 인   Yozoh Studio Mongsangso

발 행 처   저녁달
출 판 등 록   2017년 1월 17일 제2017-000009호
주   소   경기도 파주시 문발로 142 니은빌딩 304호
전   화   02-599-0625
팩   스   02-6442-4625
이 메 일   book@mongsangso.com
인 스 타 그 램   @eveningmoon_book
유 튜 브   몽상소

I S B N   979-11-89217-36-5   03810